Les grandes expériences scientifiques

Du même auteur

Les Grandes Inventions
Larousse, 1991

Robert Oppenheimer
Flammarion, 1995

Les Apprentis sorciers
Seuil, à paraître

Michel Rival

Les grandes expériences scientifiques

Éditions du Seuil

ISBN 2-02-022851-3

Avant-propos

« Donnez-moi un levier et je soulèverai le monde ! » s'exclamait Archimède au IIIe siècle avant Jésus-Christ. Lorsqu'il prononçait cette phrase, le grand savant grec ne cherchait évidemment pas à définir un programme expérimental, aussi vain qu'inutile, mais bien à faire prendre conscience au monde hellénistique des progrès considérables réalisés par la science de la mécanique.

Pourtant, à quelque temps de là, dans l'extraordinaire vivier intellectuel de l'Alexandrie ptolémaïque, un autre homme, le mathématicien Érastothène, s'appuyant sur des principes définis par Aristote et par Euclide, allait tenter, non pas de soulever le monde, mais de le *mesurer* à l'aide d'un instrument extrêmement sommaire : un simple stylet. Par ce mouvement intellectuel, il ouvrait un chemin capital à la science, celui de l'expérimentation.

Le grand philosophe des sciences Karl Popper l'avait justement perçu : le caractère scientifique d'une théorie ne tient pas à ce qu'elle soit vérifiée ou vérifiable, mais à ce que d'avance elle s'expose à se voir réfutée par l'expérience. C'est là que se situe la ligne de démarcation entre une théorie scientifique et une théorie qui ne l'est pas. Toute théorie doit s'exposer à sa propre réfutation et, en dernière limite, l'expérience est seule à pouvoir tracer une ligne même approximative – de partage. D'où son importance vitale dans l'histoire de la recherche scientifique.

Pour autant, cela ne résout pas le problème central de

l'expérience scientifique. Pour reprendre les termes d'Arthur Koestler, « ce que nous appelons "preuve scientifique" ne peut jamais totalement confirmer la vérité d'une théorie ; la preuve confirme seulement que cette théorie est *plus vraie* qu'une autre ». On ne peut donc atteindre la « vérité objective » en soumettant ses théories à l'épreuve de l'expérimentation. Tout au plus peut-on confirmer certaines prédictions fondées sur une théorie. Et Koestler de reprendre l'exemple des astronomes de Babylone qui avaient enregistré les mouvements de la Lune et du Soleil depuis 747 av. J.-C. « Leur science était certainement une "science exacte" et elle donnait des résultats ; mais cela ne prouve pas la vérité de leur théorie qui faisait des planètes des personnages divins dont les mouvements influençaient directement la santé des gens et la fortune de l'État. » En somme, une expérience scientifique ne tranche jamais un débat épistémologique.

Mais le rôle de l'expérience scientifique est néanmoins capital, car celle-ci est fondatrice de savoirs nouveaux – l'électromagnétisme, l'astrophysique, la chimie organique ou la radioastronomie sont nés de l'expérience et n'auraient certainement pas vu le jour sans elle. L'expérimentation scientifique fait même parfois basculer les conceptions les plus universellement admises – comme lorsque Evangelista Torricelli démontre l'existence du vide et prouve que la nature n'en a nullement horreur, contrairement à ce que prétendait la science médiévale ; lorsque Ernest Rutherford découvre le noyau atomique et nous informe, à notre grand étonnement, que la matière est essentiellement composée de « rien » ; ou lorsque Stanley Eddington constate que les corps massifs courbent l'espace-temps à leur voisinage, selon la prédiction d'Albert Einstein.

On trouvera, dans ce livre, une quarantaine d'expériences fondatrices de la science, dans ses principales disciplines : physique, chimie, biologie. Mais il eût été impensable de laisser de côté un domaine aussi important que l'astronomie où, par la nature même des choses, les démonstrations expérimentales se sont faites de manière indirecte. J'ai donc parfois été contraint de me contenter de « vérifications expérimentales », plutôt que de démonstrations proprement dites. C'est le cas des articles sur la rotation de la Terre autour du Soleil, la parallaxe stellaire, la relativité générale et les ondes radio extragalactiques.

Un mot sur les sources, enfin. Un effort tout particulier a été accompli pour utiliser les comptes rendus et les articles des expérimentateurs eux-mêmes, ce qui a pu être fait dans la très grande majorité des cas. Des sources secondaires, en particulier biographiques, sont aussi citées. Elles jettent un éclairage utile sur des hommes et des femmes passionnants, et on ne saurait trop recommander de les consulter.

Michel Rival

IIIe siècle avant J.-C.

Un stylet pour mesurer la Terre

La mesure du méridien terrestre par le mathématicien grec Ératosthène est sans conteste l'expérience scientifique la plus extraordinaire de l'Antiquité. En soi, elle est d'une ingéniosité remarquable, mais elle témoigne surtout du haut degré de génie rationnel atteint par les Grecs au IIIe siècle avant J.-C. La mesure effectuée par Ératosthène dans l'Égypte ptolémaïque présuppose en effet deux acquisitions majeures. L'une est intellectuelle : c'est la notion de la sphéricité de la Terre ; l'autre est technique : il s'agit de disposer d'un instrument adéquat pour mesurer la longueur du méridien.

Avant les Grecs, le problème de la forme de la Terre était d'ordre cosmogonique et se résolvait en dehors de toute considération scientifique. Ainsi, dans l'Égypte ancienne, la Terre avait une forme allongée et plate, car elle était le miroir parfait du pays qui est lui-même long et étroit… Il faut attendre l'essor de la science grecque, au VIe siècle avant notre ère, pour trouver les prémices d'une approche raisonnée du problème. Les cosmologues grecs élaborent alors diverses théories sur la forme de la Terre qui nous paraissent aujourd'hui gratuites et fantaisistes, car il s'agit plus de rationalisations que de véritables démonstrations scientifiques.

Pour Thalès de Milet, la Terre a la forme d'un disque et elle est soutenue par l'eau, sur laquelle elle flotte tel un navire. Anaximandre professe de son côté que la Terre est cylindrique et que seule sa partie supérieure est habitée –

ce qui lui confère la forme d'un disque plat. Étant située à égale distance de tout, elle n'a pas besoin de support et demeure d'elle-même en équilibre. Anaximène rejette ces vues et imagine une Terre « pareille à une table », qui serait soutenue par l'action de l'air sur ses deux faces.

Le premier à suggérer que la Terre est sphérique est Pythagore – ou plus exactement l'École pythagoricienne de Crotone. Nous ignorons comment les Pythagoriciens sont parvenus à cette conclusion, extraordinaire par l'effort conceptuel qu'elle représente, même si plusieurs hypothèses ont été avancées. Selon les disciples de Pythagore, une forme sphérique aurait été choisie pour la Terre parce que « la sphère est la plus belle de toutes les figures solides ». D'autres sources, plus vagues encore, indiquent que cette forme aurait été découverte à la suite d'observations des phénomènes célestes.

Au IVe siècle avant notre ère, Aristote est le premier à donner, dans son *Traité du ciel*, des arguments précis pour justifier la théorie de la sphéricité de la Terre. Ceux-ci sont de trois ordres. On sait ainsi à son époque que les éclipses de Lune sont provoquées par l'interposition de la Terre entre la Lune et le Soleil. Comment expliquer alors la forme circulaire de l'ombre projetée par la Terre sur la surface de la Lune, autrement que par la courbure de la surface de notre planète ? Curieusement, cet argument, qui est « le plus probant que l'Antiquité ait connu », selon le grand historien des sciences Pierre Duhem, ne sera pas repris par les cosmographes grecs et latins qui viendront après Aristote.

La deuxième preuve fournie par le savant est que le voyageur qui se déplace du nord au sud voit certaines constellations s'abaisser et disparaître, tandis que d'autres surgissent et s'élèvent devant lui. Même un déplacement peu important altère l'aspect du ciel stellaire. Ainsi, des étoiles vues à Chypre ne sont plus visibles en Égypte. Aristote en conclut non seulement que la Terre est sphérique, mais que sa taille est peu importante – une remarquable prédiction. Enfin, Aristote invoque un troisième argument : la Terre doit être sphérique pour des raisons de symétrie et d'équilibre. Les éléments tombent en effet sur Terre en provenance de toutes les directions et leur dépôt peut seulement former une sphère.

Une fois admise la sphéricité de la Terre, il faut trouver le moyen de déterminer ses dimensions. Cette fois-ci, les Grecs vont être les héritiers de très anciennes traditions de mesure, développées sans doute dès le Néolithique par les populations agricoles, avec le gnomon. Le gnomon est la forme primitive du cadran solaire. Il s'agit d'un simple piquet planté verticalement, grâce auquel on peut mesurer la variation de la longueur de l'ombre projetée par le Soleil – le milieu du jour correspondant à l'ombre minimale. Par ailleurs, si l'on mesure au cours de l'année la longueur de l'ombre lorsque le Soleil est au méridien, on obtient la date des solstices : quand l'ombre est minimale, c'est le solstice d'été ; quand elle est maximale, le solstice d'hiver.

Ératosthène va tenter de mesurer la longueur du méridien terrestre avec cet instrument, et c'est dans le *De motu circulari corporum caelestium,* ou « Théorie du mouvement circulaire des corps célestes », de Cléomède (un astronome grec dont les dates sont incertaines, mais qui vivait sans doute entre le Ier siècle avant J.-C. et le IIe siècle de notre ère) que l'on trouve le récit détaillé de son expérience.

Ératosthène part de trois postulats. Syène (l'actuelle Assouan) et Alexandrie sont situées sous le même méridien. Le Soleil y culmine donc quotidiennement au même moment, et il est donc midi au même moment aux deux endroits. La distance séparant les deux villes est de 5 000 stades. Les rayons issus de différents points du Soleil touchent les différents points de la Terre selon des lignes parallèles. Le premier postulat est en fait inexact : Syène est située 3° plus à l'est qu'Alexandrie et il y est midi 12 minutes plus tard. Quant au deuxième postulat, tout dépend de la valeur assi-

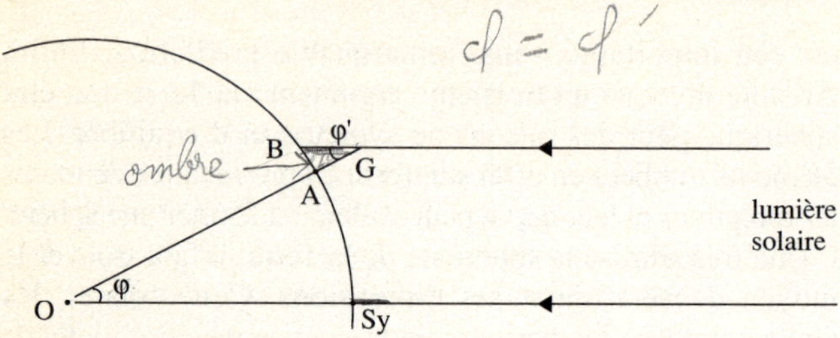

gnée au stade, car celle-ci varie entre 147 et 192 m. Toutefois, la méthode d'Ératosthène n'en reste pas moins exacte dans son principe.

Le choix de Syène s'explique par le fait que la ville est localisée dans l'immédiate proximité du tropique du Cancer. Lors du solstice d'été, le Soleil y est à l'aplomb à midi, de sorte qu'il se reflète dans le fond d'un puits. Un gnomon ne porte donc aucune ombre en ce jour et à cette heure-là. En revanche, à Alexandrie, un gnomon projette une ombre d'une certaine longueur, car la ville est située plus au nord.

Ératosthène mesure donc l'angle formé à Alexandrie par les rayons du Soleil, le jour du solstice d'été, à midi (φ' sur la figure). Il trouve que celui-ci correspond exactement à l'angle formé au centre de la Terre par le rayon terrestre de Syène et celui d'Alexandrie (φ sur la figure). Les rayons solaires, en effet, sont parallèles et frappent verticalement les deux gnomons, à Syène et à Alexandrie, formant deux droites parallèles (GB et SyO sur la figure). Or, comme le savent les géomètres de l'époque, une droite coupant des droites parallèles (OG sur la figure) donne des angles alternes-internes égaux.

Le calcul de l'angle φ' se fait à partir de la longueur de l'ombre et de la hauteur du gnomon. Cet angle est égal à l'angle φ qui intersecte l'arc SYA. L'angle φ' étant égal à la cinquantième partie du cercle, l'arc SYA est égal à la cinquantième partie de la circonférence terrestre.

Il suffit dès lors de multiplier par 50 la distance de Syène à Alexandrie pour obtenir la valeur du méridien. Et puisque la distance linéaire de Syène à Alexandrie a été fixée à 5 000 stades, la circonférence de la Terre doit être de 50 × 5 000 = 250 000 stades, soit 46 230 km en prenant une valeur intermédiaire du stade – une excellente approximation par rapport à la valeur moderne du méridien terrestre, qui est de 39 941 km.

Ératosthène voulait faire mieux encore : il voulait déterminer quelle partie du méridien terrestre représentait l'arc de cercle Syène-Alexandrie. A cette fin, il avait doté son gnomon d'une *scaphè*, à savoir un hémisphère creux ayant comme rayon le gnomon et comme centre la pointe de celuici. La *scaphè* représente la projection de l'arc méridien céleste et, comme l'expliquent les historiens de la science grecque Arpàd Szabò et Erkka Maula, « le gnomon projette dans la *scaphè* une ombre qui est l'image renversée, mais exacte et réduite, de cet arc céleste. Il suffit donc d'établir quelle partie du grand cercle de la *scaphè* représente l'arc formé par l'ombre ; l'arc du méridien céleste situé au-dessus des deux villes, ainsi que sa projection terrestre entre Syène et Alexandrie, fera la même partie de son propre cercle ».

IIIe siècle avant J.-C.

Archimède et la densité

Moins grandiose sans doute que l'expérience d'Ératosthène, celle, quasi contemporaine, d'Archimède de Syracuse sur la densité relative des corps est elle aussi très ingénieuse. L'histoire de sa découverte est relatée par l'architecte romain Vitruve au livre IX de son *De Architectura*. Elle est peut-être apocryphe et a pu être inventée simplement pour illustrer de manière frappante une découverte scientifique, mais elle n'en a pas moins le mérite de la clarté pédagogique.

Selon Vitruve, le roi Hiéron II aurait décidé, au moment de son accession au trône de Syracuse, de commémorer l'événement en plaçant dans un temple une couronne d'or pur consacrée aux dieux. Il passe alors contrat avec un orfèvre pour sa fabrication et lui remet une mesure précise d'or. A la date prévue, l'orfèvre apporte au roi une couronne superbement ciselée, dont le poids correspond très exactement au poids de l'or qui lui a été donné.

Peu de temps après, on vient suggérer au roi que l'orfèvre a subtilisé de l'or et qu'il a substitué dans la couronne un poids équivalent d'argent. Le roi Hiéron, furieux de cet outrage mais ne sachant comment découvrir la vérité, s'adresse à Archimède pour qu'il lui fournisse la preuve de la culpabilité ou de l'innocence de l'homme.

Tout préoccupé de l'affaire, Archimède va aux bains. Il remarque alors que plus il force son corps dans la baignoire, plus il renverse d'eau hors de la cuve. Lorsque son corps est totalement immergé, une quantité déterminée d'eau a été renversée. Frappé par ce phénomène, d'apparence triviale, il découvre la solution au problème de Hiéron et sort des bains pour se ruer tout nu chez lui – ainsi du moins le prétend Vitruve – en criant *« Eurêka ! Eurêka ! »* – « J'ai trouvé ! J'ai trouvé ! ». L'eau qu'il a renversée correspond au poids en volume d'eau de son corps immergé : sa quantité est donc inversement proportionnelle à la densité de son corps.

Pour résoudre le dilemme de Hiéron, il lui suffit désormais d'étudier le comportement de l'or et de l'argent dans l'eau. Si une couronne d'or pur immergée dans un récipient déplace une quantité d'eau différente d'une couronne d'argent de même masse immergée dans les mêmes conditions, c'est que l'or et l'argent ont des masses volumiques, et donc des densités différentes ; une couronne faite d'un alliage d'or et d'argent aura alors sa densité propre, différente de celle des deux autres. Pour le vérifier, il suffit de mesurer la quantité d'eau que chaque masse déplace, et s'il y a divergence une éventuelle supercherie pourra être déjouée.

Archimède fait donc fabriquer deux couronnes, de même poids que la couronne de l'orfèvre : l'une en or pur, l'autre en argent pur (en surveillant cette fois les travaux pour prévenir toute escroquerie). Il remplit ensuite un vase avec de l'eau jusqu'au bord et plonge la couronne d'or pur, puis celle d'argent pur. Il mesure à chaque fois la quantité d'eau renversée, à l'aide d'un setier, et il s'aperçoit que l'or déplace moins d'eau que l'argent (effectivement, la valeur moderne de la densité de l'or est de 19,42 ; celle de l'argent de 10,54). Enfin, il plonge la couronne de l'orfèvre et découvre qu'elle déplace une quantité d'eau intermédiaire entre la quantité d'eau déplacée par la couronne d'or pur et par celle d'argent pur. Il détient ainsi la preuve que la couronne est faite d'un alliage d'or et d'argent.

La question de la densité des corps – qui a été parfaitement perçue par Archimède – se formule en termes modernes de la manière suivante : la masse volumique d'un corps est le rapport de sa masse à son volume *(M/V)*, et sa densité est le rapport de sa masse volumique à celle de l'eau, prise à une température standard de 4° C.

On admet par ailleurs que la masse volumique est une propriété intrinsèque d'un corps et qu'elle ne varie pas d'un corps homogène à un autre. Mais elle dépend par définition du volume du corps, et la température et la pression sont susceptibles de modifier ce volume. La masse volumique et la densité sont donc fonction de ces deux variables. Une telle dépendance, quoique beaucoup moins sensible, existe aussi pour les corps gazeux, et même pour les solides.

1638

La chute des « graves »

Depuis Aristote, le problème de la chute des corps est l'un des plus fondamentaux que se pose la science. La découverte par Galilée de la loi qui la régit marque donc une date clé pour la physique moderne. Mieux encore, elle inaugure l'emploi de la méthode scientifique dans l'étude des phénomènes naturels.

Pour Aristote, une force constante détermine un mouvement uniforme, c'est-à-dire que l'action d'une force motrice produit une simple vitesse. Dans son *Discours et Démonstrations mathématiques concernant deux sciences nouvelles,* publié en 1638 en Hollande, et qui reprend les thèses de son *Du mouvement accéléré* de 1609, Galilée va démontrer la fausseté de la thèse d'Aristote.

Le savant florentin veut en finir avec la tendance nominaliste de la scolastique de son temps, qui consiste à croire qu'il suffit de donner un nom aux choses pour les expliquer. On peut certes discuter, comme le font ses contemporains, de la tendance naturelle des « graves » à tomber vers le centre de la Terre, « mais à condition qu'on ne parle pas trop de cette tendance, dont on ne connaît rien d'autre, et qu'on se familiarise mieux avec la chute elle-même, qu'on peut au moins observer », ainsi que le souligne l'historien de la science classique E. J. Dijksterhuis. En somme, Galilée veut obtenir des vérifications expérimentales des théories physiques, fussent-elles celles d'Aristote.

Que dire donc de cette hypothèse selon laquelle une force

constante produit un mouvement uniforme, alors que la plupart des savants depuis l'Antiquité latine s'accordent à reconnaître que la chute des corps n'est pas uniforme mais accélérée ? Qu'une force motrice ne produise pas une simple vitesse, mais une accélération, Galilée le sait, bien entendu. Mais – une lettre de 1604 le prouve – il est aussi au courant des travaux de l'École d'Oxford où a été énoncée la « règle de Merton », selon laquelle la distance couverte par un corps passant d'un état de repos à un état de chute libre est proportionnelle au carré du temps écoulé depuis le début de sa chute.

Cette hypothèse n'ayant pas fait l'objet de confirmations expérimentales, Galilée va chercher à mesurer l'accélération pendant la chute des corps. L'observation et la mesure directes du mouvement de corps en chute libre sont difficiles à réaliser, aussi Galilée décide-t-il d'employer un plan incliné, où il pourra étudier le mouvement de corps subissant une accélération plus graduelle que celle de la gravité. C'est la célèbre « expérience du plan incliné », première tentative moderne de vérification expérimentale d'une théorie physique.

Une fois le plan installé, Galilée fait rouler sur sa surface une boule de bronze et mesure son temps de parcours lorsqu'elle descend le plan sur toute sa longueur, sur sa moitié, son quart, ses deux tiers, etc. Des diverses mesures obtenues, il peut tirer le rapport entre la distance parcourue et le temps de chute, et de là constater que, contrairement à ce que l'on croyait jusqu'alors, la chute des corps ne se fait pas selon un mouvement accéléré, mais selon un mouvement *uniformément* accéléré – à savoir qu'un corps « partant du repos, [...] acquiert en des temps égaux des moments égaux de vitesse ». Il peut alors énoncer la loi de la chute des corps :

« Si un mobile, partant du repos, tombe avec un mouvement uniformément accéléré, les espaces parcourus en des temps quelconques par ce même mobile sont entre eux en raison double des temps, c'est-à-dire comme les carrés de ces mêmes temps. »

Par cette expérience, en apparence toute simple, Galilée fonde la méthodologie scientifique moderne. Il remplace l'approche qualitative d'Aristote par une approche quantitative et descriptive des phénomènes naturels. Avec Galilée, la physique entre dans son âge adulte.

L'expérience du plan incliné

Le récit de l'expérience de Galilée se trouve à la *Troisième Journée* de son *Discours concernant deux sciences nouvelles* :

« Dans une règle, ou plus exactement un chevron de bois, long d'environ 12 coudées, large d'une demi-coudée et épais de 3 doigts, nous creusions un petit canal d'une largeur à peine supérieure à un doigt, et parfaitement rectiligne ; après l'avoir garni d'une feuille de parchemin bien lustrée pour le rendre aussi glissant que possible, nous y laissions rouler une boule de bronze très dure, parfaitement arrondie et polie. Plaçant alors l'appareil dans une position inclinée, en élevant l'une de ses extrémités d'une coudée ou deux au-dessus de l'horizon, nous laissions, comme je l'ai dit, rouler la boule dans le canal, en notant, selon une manière que j'exposerai plus loin, le temps nécessaire à une descente complète ; l'expérience était recommencée plusieurs fois afin de déterminer exactement la durée du temps, mais sans que nous ne découvrîmes jamais de différence supérieure au battement de pouls. La mise en place et cette première mesure étant accomplies, nous faisions descendre la boule sur le quart du canal seulement : le temps mesuré était toujours rigoureusement égal à la moitié du temps précédent. Nous faisions ensuite varier l'expérience, en comparant le temps requis pour parcourir la longueur entière du canal avec le temps requis pour parcourir sa moitié, ou les deux tiers, ou les trois quarts, ou tout autre fraction ; dans ces expériences répétées une bonne centaine de fois, nous avons toujours trouvé que les espaces parcourus étaient entre eux comme les carrés des temps, et cela quelle que soit l'inclinaison du plan, c'est-à-dire du canal, dans lequel on laissait descendre la boule. »

1643

La nature a-t-elle horreur du vide ?

« La nature a horreur du vide. » Cette sentence de la scolastique du Moyen-Age a pour inspirateur Aristote, qui écrivait au IVe siècle avant notre ère dans sa *Physique* : « L'existence d'un vide séparé est impossible. » Il entendait ainsi s'opposer aux thèses atomistes, propagées au cours du siècle précédent par les philosophes Leucippe et Démocrite d'Abdère, qui affirmaient que l'existence de corps insécables (les atomes) impliquait l'existence d'un « Tout » vide les contenant.

Au Moyen Age, l'horreur supposée de la nature pour le vide est érigée en dogme, tant et si bien que l'enseignement de l'existence du vide est l'une des 219 « erreurs exécrables » dénoncées en 1277 par l'évêque de Paris Étienne Tempier, à l'instigation du pape et des théologiens. On concède toutefois en privé, et Jean Buridan le fera publiquement au XIVe siècle, que Dieu a en son pouvoir de créer surnaturellement le vide…

Galilée, dans son *Discours concernant deux sciences nouvelles*, publié en 1638, adopte une attitude plus modérée. Il croit en une horreur de la nature pour le vide, mais il pense qu'elle a des limites (il en admet donc *in fine* la possibilité). Galilée s'est intéressé à la question du vide après avoir appris d'un jardinier de Florence que sa pompe toute neuve était incapable d'élever l'eau au-dessus de dix mètres : « Le maître fontainier, écrit Galilée, ajouta qu'il n'était pas possible, ni avec les pompes, ni avec les autres machines qui font monter l'eau par attraction, de la faire monter un cheveu plus haut que 18 brasses [soit environ dix mètres], que les pompes soient larges ou étroites. » Galilée va expliquer ce phénomène par le fait que la valeur de dix mètres représente la limite de résistance de la colonne d'eau au vide : passée cette limite, la force de cohésion exercée par la nature devient inopérante et la colonne d'eau se rompt.

Quelques années plus tard, en 1643, un disciple de Galilée, Evangelista Torricelli reprend l'expérience, mais il décide de remplacer l'eau par du vif argent (mercure), pressentant que le liquide, qui est 14 fois plus dense que l'eau, s'élèvera 14 fois moins haut. Il confie l'expérience à un autre disciple de Galilée, Vincenzo Viviani, qui remplit de mercure un long tube en verre hermétiquement scellé à une extrémité, qu'il renverse dans une cuvette pleine de mercure. Le mercure du tube se vide dans la cuvette, mais laisse subsister une colonne d'environ 76 cm. Au-dessus d'elle, là où se trouvait auparavant du mercure, il y a maintenant du vide.

Quelle explication donner à ce phénomène ? Torricelli conclut que les couches d'air exercent, par leur poids, une véritable pression sur le mercure de la cuvette, et que cette pression maintient la colonne de mercure en suspension dans le tube. C'est pour cette raison, dit-il, et non à cause d'une hypothétique limite de résistance au vide, que la hauteur des colonnes d'eau se trouve limitée à dix mètres. Et il le prouve en montrant que la hauteur de la colonne de mercure (14 fois plus dense que l'eau) correspond au 1/14e de la hauteur maximale des colonnes d'eau. Par ailleurs, il note de légères variations quotidiennes de la hauteur du mercure dans la colonne, et il en conclut qu'elles sont dues à des variations de la pression atmosphérique. Torricelli vient de démontrer la pesanteur de l'air et d'inventer le baromètre, qui permet de mesurer celle-ci. Mieux, il a obtenu le vide dans une enceinte fermée, ce qui prouve que la nature n'en a aucunement horreur !

Tandis que les partisans de l'*horror vacui* s'efforcent de sauver leur thèse – en évoquant par exemple la pénétration dans le tube de verre d'une « matière subtile » présente dans l'atmosphère –, Blaise Pascal, qui a suivi avec intérêt les expériences de l'Italien, au point d'en publier les résultats en 1647 dans ses *Expériences nouvelles touchant le vide*, décide d'en démontrer le bien-fondé, en partant du postulat que si la pression de l'air est bien la cause des phénomènes observés, elle doit logiquement diminuer avec l'altitude. Il met alors sur pied la « grande expérience de l'équilibre des liqueurs ».

Celle-ci est réalisée au Puy-de-Dôme, le 19 septembre 1648 par Florent Périer, beau-frère de Pascal (qui lui-même est souffrant), à l'aide de deux « tubes de Torricelli », placés l'un au sommet du Puy, l'autre en contrebas, dans la plaine. La différence du niveau de mercure entre les deux tubes (plus de 0,8 cm) établit de manière irréfutable que la hauteur du mercure dans le tube de Torricelli varie avec l'altitude, et que la cause de la suspension du mercure est bien la pesanteur et la pression de l'air, et non une quelconque horreur du vide ; vide qui est de toute façon créé dans le tube par la chute de niveau du mercure…

Dans son *Avertissement au lecteur* précédant le *Récit de la grande expérience de l'équilibre des liqueurs* (1648), où est relatée l'expérience du Puy-de-Dôme, Pascal renverse définitivement le dogme aristotélicien en écrivant :

« Mon cher lecteur. Le consentement universel des peuples et la foule des philosophes concourent à l'établissement de ce principe, que la nature souffrirait plutôt sa destruction propre, que le moindre espace vide. Quelques esprits des plus élevés [Pascal fait référence à Galilée] en ont pris un plus modéré : car encore qu'ils aient cru que la nature a de l'horreur pour le vide, ils ont néanmoins estimé que cette horreur avait des limites, et qu'elle pouvait être surmontée par quelque violence ; mais il ne s'est encore trouvé personne qui ait avancé ce troisième : que la nature n'a aucune répugnance pour le vide, qu'elle ne fait aucun effort pour l'éviter, et qu'elle l'admet sans peine et sans résistance [...] que tous les effets que l'on a attribué à cette horreur procèdent de la pesanteur et la pression de l'air ; qu'elle en est la seule et véritable cause, et que, manque de la connaître, on avait inventé exprès cette horreur imaginaire du vide, pour en rendre raison. »

C'en est fini d'une théorie vieille de vingt siècles. Outre l'énorme percée conceptuelle que représente la démonstration de l'existence du vide, le fait de pouvoir le réaliser expérimentalement renouvelle entièrement la physique. Les premiers vides seront d'abord obtenus dans des chambres barométriques, s'inspirant du principe découvert par Torricelli. Puis, sur l'impulsion des grands « mécaniciens » du XVIIe et du XVIIIe siècle (Otto von Guericke, Robert Boyle, Edmé Mariotte, Denis Papin, Robert Hooke, Francis Hawksbee), des pompes pneumatiques, capables d'évacuer l'air et de créer des vides artificiels de plus en plus poussés, verront le jour. Enfin, à partir des tubes à vide du XIXe siècle jusqu'aux grands accélérateurs de particules contemporains, la physique expérimentale tente de s'approcher toujours plus du vide absolu, en réalisant des pressions de plus en plus basses.

1660

L'air est-il élastique ?

En 1643, lorsque Evangelista Torriccelli démontre l'existence du vide, une question se pose immédiatement : pourquoi peut-on seulement créer des vides artificiels ? La réponse proposée par certains savants, le physicien anglais Robert Boyle en particulier, est que l'air est élastique et qu'il remplit parfaitement tous les espaces. Le vide ne peut donc se rencontrer à l'état naturel sur Terre.

Cette affirmation doit être prouvée. Aussi Robert Boyle, qui est l'un des pionniers de la physique expérimentale de son temps (ou plutôt, comme l'on dit alors, de la *philosophie expérimentale*) décide de faire une expérience qui mettra directement en évidence le pouvoir expansif de l'air.

Avant Boyle, une première étude du problème avait été réalisée en 1654 par l'ingénieur et physicien allemand Otto von Guericke. Celui-ci avait construit deux hémisphères de laiton qu'il avait parfaitement ajustés l'un à l'autre. Il avait ensuite attelé chaque hémisphère à huit chevaux. Puis il avait vidé d'air l'intérieur de la sphère constituée par les deux hémisphères accolés, et il les avait fait tirer dans des directions opposées par les chevaux. Malgré tous leurs efforts, la pression atmosphérique avait maintenu soudés les hémisphères.

« L'expérience des hémisphères de Magdebourg » met clairement en évidence la puissance extraordinaire de la pression atmosphérique. On peut en déduire que l'air est capable de surmonter tous les obstacles naturels et de s'insinuer dans les moindres interstices, prévenant ainsi toute constitution de vide. Mais la démonstration de Guericke, en dépit de son importance, n'apporte pas de preuve directe de la puissance expansive de l'air. C'est précisément cette preuve que va donner Robert Boyle dans ses *Nouvelles Expériences physico-mécaniques concernant l'élasticité de l'air*, publiées à Oxford en 1660.

Boyle est alors assisté d'un autre grand physicien anglais, Robert Hooke. Leur dispositif expérimental consiste en un tube, d'où l'air peut être vidé, et qui renferme un tube plus petit. Ce dernier contient du mercure comprimant une poche d'air. Tant que le tube extérieur reste plein d'air, les pressions s'équilibrent. Mais lorsque le tube extérieur est vidé d'air, la colonne d'air comprimée dans le tube intérieur se détend et refoule violemment la colonne de mercure qui jaillit hors du tube, comme l'eau hors d'une fontaine.

L'élasticité de l'air est ainsi démontrée de manière spectaculaire mais, non content de ce résultat, Boyle cherche à le quantifier, en mesurant précisément comment l'élasticité augmente quand la colonne d'air est comprimée, et comment elle diminue lorsque l'air est dilaté par une baisse extérieure de pression.

Cette fois-ci, Boyle et Hooke prennent un long tube, recourbé et fermé vers le bas (l'équivalent d'un baromètre), qu'ils graduent en pouces. Le tube est rempli de mercure et de l'air est admis vers le bas, jusqu'à ce que sa pression s'équilibre par rapport à la pression atmosphérique. Ils obtiennent alors, pour la colonne de mercure, une hauteur de 29 pouces sur l'échelle graduée (figure 1).

Puis Boyle et Hooke se mettent à verser à nouveau du mercure dans le tube, jusqu'à ce que le volume d'air enfermé soit réduit de moitié. Ils observent alors, en lisant la graduation, que la différence de hauteur des colonnes de mercure dans les deux branches du tube est de 29 pouces (soit 73 cm – sensiblement la pression atmosphérique). Cette hauteur

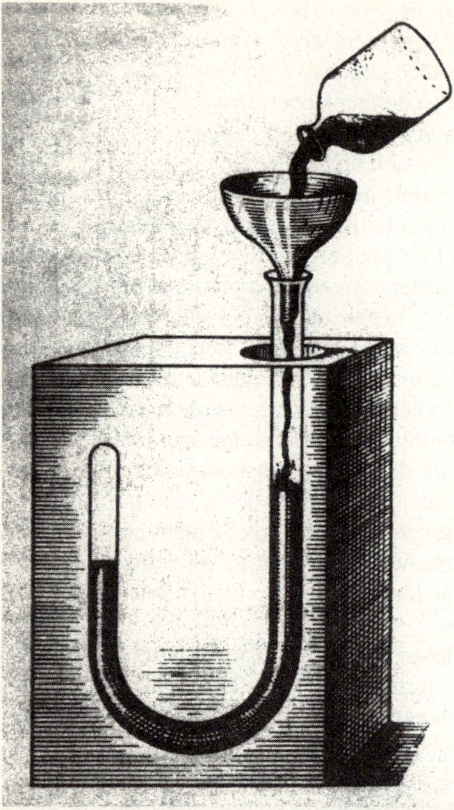

continue de croître, et le volume de l'air de diminuer, quand ils versent à nouveau du mercure, jusqu'à ce que le tube se brise. Pour étudier plus avant le phénomène, Boyle et Hooke prennent un tube nettement plus solide. Ils se livrent alors à une série d'observations afin d'établir la relation entre le degré de compressibilité de l'air et la pression à

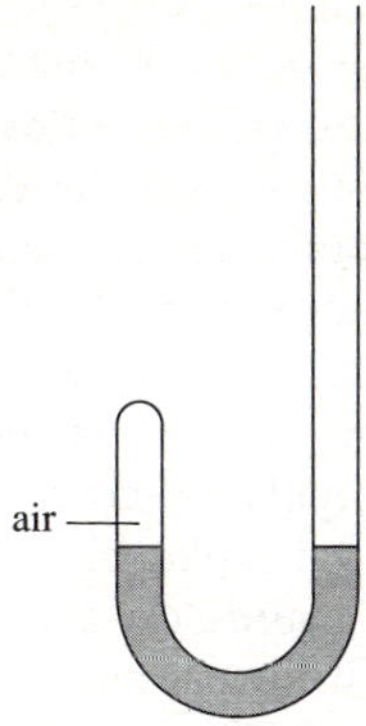

Figure 1

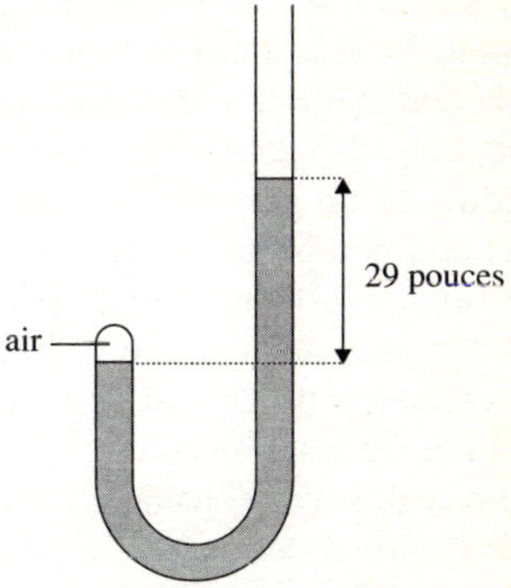

Figure 2

Expérience de Boyle et Hooke

laquelle il est soumis. Ils font de même pour le cas inverse, lorsque la raréfaction de l'air atmosphérique provoque la dilatation de l'air piégé sous une colonne de mercure.

Les résultats de Boyle sont donnés dans deux tables, publiées dans la seconde édition des *Nouvelles Expériences*, en 1662. Ils lui permettent d'énoncer la loi de compressibilité de l'air, qui sera indépendamment redécouverte par le physicien français Edmé Mariotte cinq ans plus tard : le volume d'un gaz est en rapport inverse de sa pression. Boyle n'attache toutefois pas une grande importance à ce résultat : « Je ne m'aventurerai pas à déterminer si la théorie énoncée [la loi de compressibilité de l'air] est valable universellement et précisément. […] Personne ne sait de quelle compression quasi infinie l'air peut être capable si la force de compression est augmentée de manière experte. »

En 1876, le physicien irlandais Thomas Andrews constate qu'au-dessous d'une certaine température le dioxyde de carbone n'obéit plus à la loi de Boyle, car il se liquéfie. Le physicien français Émile Amagat soumet alors tous les gaz connus à des pressions considérables (jusqu'à 400 atmosphères) et observe dans tous les cas, à l'exception de l'hydrogène, des déviations par rapport à la loi. Amagat en déduit qu'un gaz, qui est constitué de molécules, ne peut pas être comprimé au-delà du volume moléculaire. La loi de Boyle n'est pas à proprement parler fausse, mais elle est un cas particulier d'une loi plus générale : dans le cas où le volume d'un gaz est si grand que l'on puisse ignorer le volume de ses molécules, la loi de Boyle est applicable.

En réalité, ces considérations sont secondaires, car Boyle a bel et bien démontré l'élasticité de l'air. Et par ailleurs, comme le souligne l'historien des sciences Rom Harré, il s'est imposé comme l'un des maîtres de l'expérimentation scientifique : « Bien que Robert Norman [le découvreur, au XVIe siècle, de l'inclinaison magnétique] et Galilée aient tous deux fait de la mesure quantitative une étape essentielle de leur travail, même dans le cas de Galilée la mesure du parcours de la boule [dans l'expérience du plan incliné] n'était pas tout à fait le problème central. Galilée était persuadé de l'existence d'une loi de la chute des corps. La mesure vérifia simplement cette vérité élémentaire que ce qui devait être était réellement. Dans le cas de l'expérience de Boyle, la loi découla de la mesure elle-même. »

1672
Experimentum crucis

Si le grand savant anglais Isaac Newton nous est surtout connu pour sa théorie de l'attraction universelle, l'histoire de la science expérimentale a d'abord retenu de lui son *experimentum crucis* (« expérience décisive ») de 1672 qui marque une étape clé de la théorie des couleurs.

Avant Newton, les théories sur les couleurs restaient imprégnées des idées d'Aristote qui énonçait que la lumière était d'un blanc pur et que les couleurs résultaient d'une modification de cette lumière pure provoquée par la réflexion et la réfraction. Cette modification était nécessairement un affaiblissement, et la couleur était donc une lumière moins forte, moins éclatante, obscurcie ou mêlée d'obscurité.

Au XVIIe siècle, la question de la couleur intéresse un certain nombre de savants. René Descartes en discute dans ses *Météores* de 1637 ; Robert Boyle lui consacre ses *Experiments and Considerations touching Colours* de 1664 et Robert Hooke l'évoque dans sa *Micrographia* de 1665. Outre l'aspect théorique de la question se pose à l'époque un problème pratique : les instruments d'optique souffrent d'aberration chromatique, un phénomène qui irise les images et empêche une mise au point correcte. Une compréhension précise du phénomène des couleurs permettrait probablement de corriger ce travers.

Newton s'intéresse à la question de la couleur dès 1666, date à laquelle il achète un prisme de verre afin, écrit-il dans une lettre à son ami Henry Oldenburg, de « m'essayer au

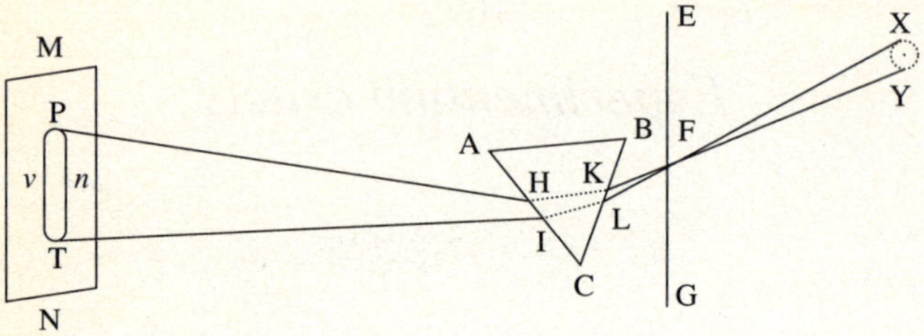

Figure 1

célèbre [problème du] phénomène des couleurs ». On notera que Descartes, Boyle et Hooke avaient, avant lui, déjà reconnu l'importance du prisme de verre dans les études expérimentales sur les couleurs, sans toutefois parvenir aux résultats décisifs que Newton allait obtenir en 1672.

Du point de vue théorique, Newton conteste sévèrement les idées de ses contemporains, en particulier celles de Hooke qui affirme que la lumière consiste en impulsions et que la couleur naît d'« impressions confuses ». En 1666, Newton rompt avec cette opinion et franchit une étape décisive en postulant le principe de l'hétérogénéité de la lumière. Comme le précise son biographe Richard Westfall, « la lumière blanche, la lumière solaire, est [pour Newton] un mélange confus. Les composants individuels du mélange [...] provoquent les sensations des couleurs individuelles quand elles sont séparées du mélange et tombent sur la rétine ».

Une expérience conduite en 1666 avec le prisme amène Newton à observer la réfrangibilité différentielle de la lumière. Le savant constate en effet que la lumière bleue est plus réfractée que la lumière rouge lorsque ces deux lumières traversent un prisme. Cette découverte aurait dû l'amener à tirer les conséquences de sa théorie des couleurs, à savoir

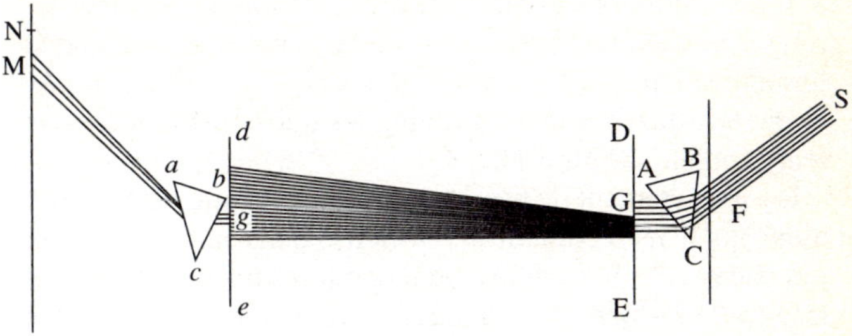

Figure 2

que les rayons de lumière qui diffèrent en couleur diffèrent aussi en degré de réfrangibilité et composent la lumière blanche. Mais, comme le rappelle Westfall, « à l'époque de son expérience, la théorie existait à peine. C'était seulement une idée prometteuse corroborée par une seule expérience. Ses implications nous paraissent évidentes, à nous qui bénéficions de trois cents ans de recul. Mais Newton devait avancer à l'aveuglette, tout en contestant une tradition vieille de deux mille ans qui paraissait marquée au coin du bon sens ».

L'idée que la lumière blanche n'est pas homogène mais hétérogène est en effet révolutionnaire. Elle exige une preuve expérimentale irréfutable que Newton va donner en 1672. Cette année-là, Newton reprend ses recherches sur les couleurs. Il achète trois prismes et déclare dans ses *Lectiones opticae* qu'il considère que « les géomètres sont dans l'erreur en ce qui concerne une propriété particulière de la lumière relative à ses réfractions ». Il entreprend ensuite une série d'expériences visant à réfuter la théorie des couleurs de son époque, qui reste toujours basée sur le principe de la « modification » de la lumière blanche.

Il place tout d'abord un prisme ABC qui est éclairé par un pinceau de lumière solaire limité par un diaphragme circulaire F. Il observe ensuite sur un écran MN une bande étroite, arrondie aux deux extrémités, où se succèdent de P à T les couleurs violette, bleue, verte, jaune, orangée et rouge. Newton interprète ce spectre comme la preuve que la lumière solaire est bien hétérogène et qu'elle est constituée de rayons différemment réfrangibles qui se distinguent par leurs couleurs (figure 1).

Il y a un élément de hasard dans la découverte de Newton, ainsi qu'il le reconnaîtra lui-même dans une lettre à la Société royale de Londres, où il décrit ses travaux d'optique (*Nouvelle Théorie de la lumière et des couleurs*). Descartes et Boyle avaient eux-mêmes fait passer de la lumière blanche à travers un prisme, mais la faible distance d'observation de l'effet prismatique produit (quelques centimètres dans le cas de Descartes ; 1 m environ dans le cas de Boyle) les avait empêchés de constater la dispersion de la lumière. Ils avaient seulement pu observer une tache de lumière blanche, colorée à ses deux extrémités. Newton avait en revanche projeté son spectre sur un écran situé à sept mètres de distance de son prisme, ce qui lui avait permis d'observer un spectre étiré, d'une longueur cinq fois supérieure à la largeur.

A présent, le savant anglais doit démontrer que la dispersion de la lumière blanche lors de son passage à travers le prisme n'est pas due à un quelconque « effet » du prisme – auquel cas le spectre obtenu devrait se diviser à nouveau lors du passage à travers un second prisme –, mais que les lumières colorées sont bien homogènes et, par conséquent, sont bien les constituants fondamentaux de la lumière solaire. C'est l'« expérience décisive », l'*experimentum crucis*.

Newton place, comme auparavant, un prisme ABC derrière un diaphragme F isolant un pinceau de lumière solaire, et produit ainsi un spectre sur l'écran DE. Cet écran est percé d'un trou G et il est suivi d'un autre écran lui aussi percé d'un trou. Ces deux diaphragmes isolent un pinceau lumineux appartenant à une partie étroite du spectre qui vient éclairer un second prisme abc. En faisant tourner le prisme ABC, le second prisme abc reçoit successivement et sous une incidence croissante les rayons appartenant aux différentes parties du spectre, et projette sur un écran MN placé derrière lui les « images » de différentes couleurs ordonnées entre M et N comme dans le spectre initial (figure 2).

Newton peut alors effectivement montrer que les rayons du spectre, s'ils sont déviés par le second prisme, ne sont pas dispersés. Ce sont donc bien les constituants fondamentaux de la lumière solaire. Les conséquences des deux expériences entreprises par Newton viennent ensuite d'elles-mêmes : « les rayons de lumière qui diffèrent en couleur diffèrent aussi en degré de réfrangibilité » ; et « la lumière du Soleil est composée de rayons différemment réfrangibles ».

Pour parachever sa démonstration, Newton se livre à une troisième expérience. Il fait converger les rayons colorés du spectre au foyer d'une lentille et il retrouve alors la lumière blanche initiale. Au-delà du foyer, les couleurs réapparaissent, mais dans un ordre inversé. « Puisque les rayons individuels conservaient leur identité propre [elles sont homogènes], explique Westfall, les couleurs réapparaissaient quand elles se séparaient à nouveau au-delà du foyer. »

1676

La vitesse de la lumière

La question de la vitesse de la lumière est posée dès les débuts de la physique. Les auteurs grecs qui en font mention sont alors presque tous persuadés de l'instantanéité de la transmission de la lumière à travers l'espace.

Qu'ils adoptent un tel point de vue n'a rien de surprenant, car le phénomène de transmission de la lumière est imperceptible aux sens. En effet, la lumière se propage à environ 300 000 km/s (la valeur moderne est de 299 792,458 km/s). Or, comme le rappelle l'historien des sciences G. Picolet, « l'espace visuel ordinaire dans lequel nous vivons sur Terre n'excède guère quelques dizaines, voire, dans certains cas, quelques centaines de kilomètres. Par conséquent, la durée de propagation de la lumière est très brève, au point même qu'elle est insensible. Par exemple, pour une distance de 100 km, la durée de propagation de la lumière est de l'ordre de 1/3 000e de seconde, valeur qui est inférieure au seuil différentiel de perception de l'œil humain ».

Les arguments présentés par les partisans de l'instantanéité de la lumière sont d'abord tirés de l'observation courante : apparition et disparition immédiate des images dans les miroirs ; réapparition instantanée de la lumière solaire après sa disparition derrière un nuage ; etc. Les auteurs anciens sont toutefois conscients du fait que la faiblesse des sens peut expliquer notre incapacité à déceler la vitesse de la lumière sur d'aussi courtes distances, aussi proposent-ils bientôt des arguments fondés sur des distances astronomiques. Ils notent par exemple qu'« en même temps que le Soleil paraît sur l'horizon, aussitôt l'hémisphère supérieur de la Terre est instantanément illuminé tout entier » (Philoponos), ou que, lorsqu'on ferme les yeux et qu'on les rouvre sur le ciel étoilé, la lumière stellaire frappe immédiatement nos sens, preuve de son instantanéité. Ceux qui, tel Empédocle, persistent à croire que la lumière se transmet dans le temps sont rappelés à l'ordre par des auteurs comme Aristote, qui note qu'une « telle opinion est contraire à la fois à la raison et aux faits observés » *(De l'âme).*

La conception instantanéiste de la lumière se perpétue au Moyen Age et à la Renaissance ; elle est de toute évidence liée – outre le poids de la tradition – à l'insuffisance de précision du matériel expérimental. Ainsi la lunette, qui permet de fixer des points de repère astronomiques, date de 1609 seulement ; et l'horloge à pendule, qui rend possible une mesure du temps inférieure à la seconde, n'est mise au point qu'en 1657. Des savants aussi considérables que Johannes Kepler et René Descartes continuent donc à croire à l'instantanéité de la propagation de la lumière.

Galilée pense en revanche que la lumière a une vitesse finie, et il le suggère dans ses *Discours sur les deux grands systèmes du monde* de 1632. Son hypothèse va être vérifiée au début des années 1670, à la suite de recherches menées à l'Observatoire de Paris sur les éclipses des quatre satellites de Jupiter, qui sont connus depuis 1610 (et ont précisément été découverts par Galilée).

Ces satellites sont en effet périodiquement éclipsés lorsqu'ils pénètrent dans le cône d'ombre produit par Jupiter, qui s'interpose entre le Soleil et eux. Or, l'astronome Giovanni Cassini a remarqué des irrégularités dans le mouvement du premier satellite, qui se manifestent par des retards de sortie du cône d'ombre (émersion) lorsque Jupiter entre en conjonction avec le Soleil et qu'il s'éloigne par la même occasion de la Terre ; et par une entrée anticipée dans le

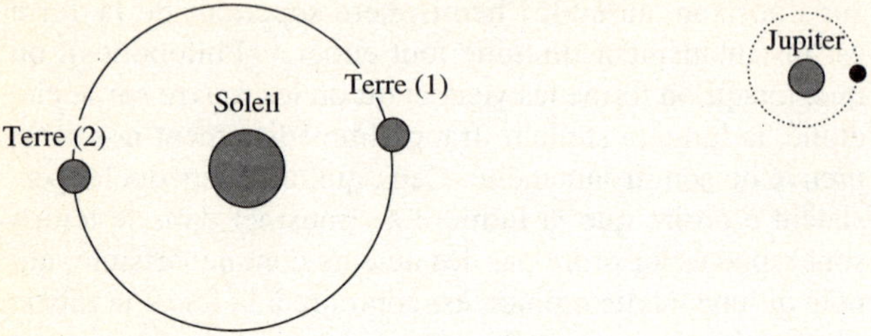

Figure 1

Mesure de la vitesse de la lumière par Römer

Quand la Terre est en position 2, l'éclipse du satellite de Jupiter est observée avec un certain retard, la lumière devant traverser l'orbite de la Terre.

cône d'ombre (immersion), lorsque Jupiter entre en opposition avec le Soleil et qu'il se rapproche alors de la Terre.

Cassini envisage un instant l'hypothèse selon laquelle la différence est due à une vitesse finie de la lumière. Mais il abandonne bientôt cette explication, car il n'arrive pas à mettre en évidence le même phénomène pour les trois autres satellites joviens.

L'hypothèse est alors reprise par l'astronome danois Olaf Römer, qui conclut que si la période entre deux éclipses semble plus longue lorsque Jupiter s'éloigne de la Terre, c'est parce que la lumière doit parcourir une distance plus grande pour nous informer du début de la seconde éclipse. L'inverse se produit lorsque Jupiter se rapproche de la Terre, six mois plus tard : le temps de parcours de la lumière est alors plus court, et l'entrée du satellite dans le cône d'ombre de Jupiter nous semble anticipée.

Römer compare les temps de retard et d'avancée des éclipses du premier satellite jovien, selon que Jupiter et le Soleil sont en opposition ou en conjonction, et il en

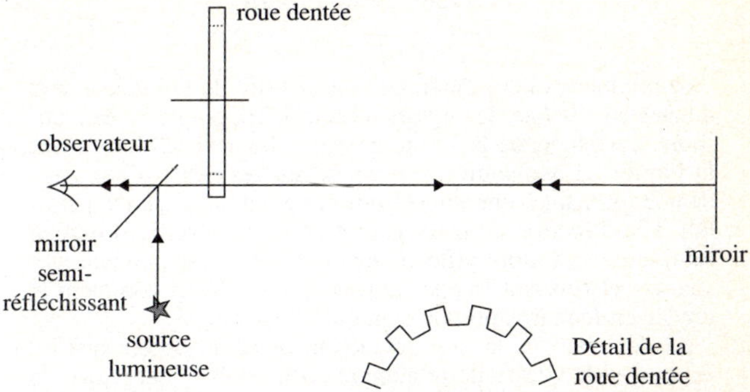

Figure 2

Mesure de la vitesse de la lumière par Fizeau

déduit que la vitesse de la lumière est finie. Fort de cette certitude, il annonce en septembre 1676 à l'Académie royale des sciences que l'éclipse du premier satellite de Jupiter, prévue pour le 9 novembre suivant, se produira avec 10 minutes de retard, étant donné la distance accrue de Jupiter à la Terre (Jupiter est alors en conjonction avec le Soleil). Sa prédiction est effectivement confirmée par les observations.

Dans le compte rendu de ses travaux, Römer ne donne pas la vitesse de la lumière, mais se contente d'observer qu'elle est finie. Car, comme le rappelle l'astronome Jean-Pierre Verdet, « pour déterminer cette vitesse, il fallait en plus disposer de la différence de distance en cause, donc de la distance de la Terre au Soleil. Or à l'époque ce problème était totalement ouvert et les estimations étaient fort variables ». Les mesures de parallaxe solaire, qui permettent de déterminer la distance Terre-Soleil, variaient en effet entre 7,5" et 10,5" (la valeur moderne est de 8,7964"). En 1676, les

La mesure de Fizeau

La première valeur moderne de la vitesse de la lumière sera donnée en 1849 par le physicien français Hippolyte Fizeau, utilisant le système de la « roue dentée ». Il consistait à focaliser la lumière d'une source ponctuelle sur les dents d'une roue dentée tournant à une vitesse uniforme autour d'un axe parallèle à la direction de propagation de la lumière. Le faisceau lumineux était alors réfléchi sur un miroir perpendiculaire à son axe et revenait frapper la roue dentée. Voici comment le physicien Jean Rosmorduc explique l'expérience :

« Si les creux de la roue dentée ont la même largeur que les dents et si la vitesse de rotation est convenablement réglée, le rayon lumineux qui rencontre un “creux” à l'aller et est transmis, se heurte après réflexion à une “dent” au retour. Si, au contraire, le réglage n'est pas satisfaisant, l'œil reçoit toute la lumière ou une partie d'entre elle. La manipulation consiste à régler la vitesse de rotation de façon que le temps Σ' que met une “dent” à remplacer l'intervalle vide précédent soit exactement égal au temps Σ que met la lumière à faire l'aller-retour. d étant la distance entre la roue et [le miroir] M, v la vitesse de la lumière, on aura :

$$\Sigma = 2d/v.$$

Si la roue fait n tours/seconde, et si p est le nombre de dents :

$$\Sigma' = 1/2np.$$

L'extinction [la réflexion de la lumière contre une dent de la roue] sera donc obtenue pour :

$$2\,d/v = 1/2np$$

D'où : $v = 4ndp$. »

La mesure de Fizeau fut réalisée entre le belvédère d'une maison de Suresnes et Montmartre, soit une distance de 8 633 m. La roue comprenait 720 dents et la première éclipse était obtenue pour $n = 12{,}5$ tours/seconde. La valeur de la vitesse de la lumière calculée par Fizeau fut donc de 315 000 km/s.

travaux de Jean Richer, Jean Picard et Giovanni Cassini allaient permettre d'avancer une parallaxe solaire de 9,5" ce qui, avec l'estimation de 13 350 km pour le diamètre de la Terre faite par Römer, allait donner une vitesse de la lumière égale à 214 300 km/s.

Quoi qu'il en soit, l'hypothèse de Römer est universellement admise à partir de 1728, lorsque l'astronome anglais James Bradley découvre l'aberration de la lumière qui met directement en évidence sa vitesse finie (voir ci-dessous « La Terre tourne-t-elle autour du Soleil ? », p. 42). Les mesures expérimentales sont par la suite graduellement affinées et les premières valeurs modernes de la vitesse de la lumière sont obtenues par Hyppolite Fizeau, en 1849, et Léon Foucault, en 1862. Les Américains Albert Michelson et Edward Morley ouvrent ensuite une page capitale de l'histoire de la physique en découvrant, en 1881, au cours de leurs travaux sur l'éther, que non seulement la vitesse de la lumière est finie, mais qu'elle est invariante (voir ci-dessous « Michelson, la lumière et l'"éther" », p. 117).

1729

La Terre tourne-t-elle autour du Soleil ?

Le principal écueil rencontré par la théorie héliocentrique – comme par toute théorie scientifique – est celui de la démonstration expérimentale. Comment prouver que la Terre tourne effectivement autour du Soleil, alors que le témoignage de nos sens semble totalement contredire cette assertion ?

Cet obstacle empêche Aristarque de Samos de faire accepter son hypothèse d'une Terre en déplacement autour du Soleil, au IIIe siècle avant notre ère. C'est encore l'absence de preuve – compliquée par les *a priori* de la physique aristotélicienne et le dogme théologique d'une Terre placée au centre de l'univers – qui rend extrêmement difficile, voire dangereuse, l'acceptation de la théorie de Copernic aux XVIe et XVIIe siècles.

Ainsi, sa défense de l'héliocentrisme vaut à Galilée les pires ennuis avec l'Église à partir de 1614. Il est tour à tour l'objet d'un sermon hostile à Florence, puis d'un procès devant le Saint-Office de Rome où sont condamnées, en 1616, les thèses de Copernic. En 1632, Galilée publie sa magistrale défense du système héliocentrique, le *Dialogue sur les deux grands systèmes du monde*. L'année suivante, il est traîné devant le tribunal du Saint-Office. Emprisonné, forcé d'abjurer ses croyances coperniciennes devant la Congrégation, il est condamné à la réclusion à vie dans sa villa des environs de Florence.

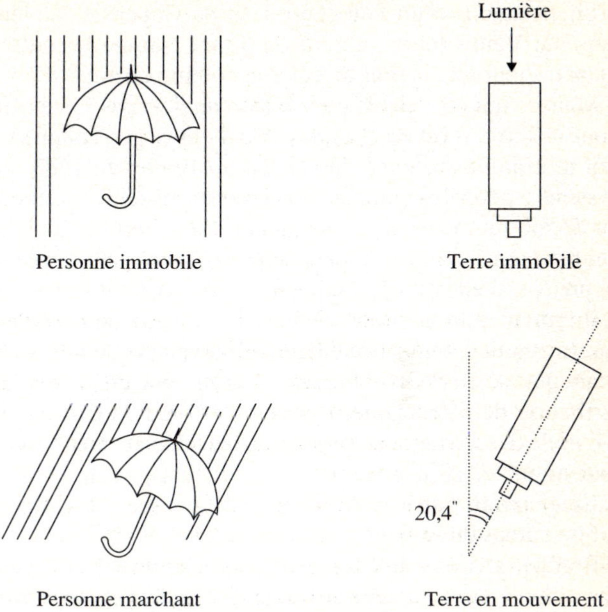

De l'orientation d'un parapluie à celles des télescopes

Pourtant, Galilée peut se targuer d'avoir donné en 1610 une preuve indirecte de l'orbite de la Terre autour du Soleil, avec sa découverte des phases de Vénus – c'est-à-dire des apparences successives que présente la planète aux regards de l'observateur, selon l'éclairage qu'elle reçoit du Soleil au cours de sa révolution. « Ce phénomène, écrit Galilée, ne laisse aucun doute sur la façon dont se produit la révolution de Vénus ; nous parvenons d'une façon rigoureusement inéluctable à une conclusion conforme à la position des Pythagoriciens [qui stipulaient que la Terre et les planètes orbitent autour d'un Feu central] et de Copernic, suivant laquelle Vénus tourne autour du Soleil comme les autres planètes tournent autour de celui-ci comme centre. »

Mais ce qui est valable pour Vénus ne l'est pas forcément pour la Terre. Il est en effet possible d'envisager, comme l'a fait le grand astronome danois Tycho Brahe, en 1588, un système « géohéliocentrique » où les planètes tournent autour du Soleil, lui-même en orbite autour d'une Terre immobile. On rend ainsi compte du phénomène observé par Galilée et sa preuve, si elle est nécessaire, n'est donc pas suffisante.

Il faut attendre le XVIIIe siècle et les travaux de l'Anglais James Bradley, l'un des meilleurs observateurs de l'époque, pour que soit apporté un nouvel argument en faveur de la théorie héliocentrique. Bradley s'efforce de détecter la « parallaxe » des étoiles proches – leur déplacement apparent sur un an, dû par exemple (mais il peut y avoir d'autres causes) au fait que l'observateur se trouve sur une Terre en orbite autour du Soleil.

Bradley a choisi d'observer l'étoile Gamma du Dragon, car celle-ci passe à l'aplomb direct de Londres et son observation n'est pas perturbée par la réfraction atmosphérique. Employant un télescope de 24 pieds, qu'il pointe verticalement, Bradley observe pendant plusieurs mois l'étoile et il constate un effet totalement imprévu. Alors qu'il s'attend à déceler un très petit déplacement apparent de l'étoile sur un an (de l'ordre de quelques secondes d'arc maximum), il constate un déplacement très important (environ 40 secondes d'arc), dans le sens contraire de l'effet parallactique attendu.

Bradley, incapable de comprendre la cause de ce phénomène, continue ses observations dans les années qui suivent et il détecte le même phénomène en observant une cinquantaine d'autres étoiles. La solution vient enfin en 1729, lorsqu'il comprend que c'est le mouvement de la Terre combiné avec celui de la lumière qui provoque ce décalage apparent de la position des étoiles.

Afin d'illustrer ce phénomène, il faut reprendre l'exemple classique d'une personne sous la pluie. Si la personne est immobile durant un orage où la pluie tombe tout droit, elle tient son parapluie droit. Mais si elle avance, elle doit alors incliner son parapluie dans la direction de sa marche ; et elle doit l'incliner d'autant plus qu'elle se déplace vite (figure 1).

Remplaçons maintenant la pluie par la lumière en mouvement à 300 000 km/s environ, la personne par la Terre en orbite autour du Soleil à une vitesse de 29,79 km/s, et le parapluie par le télescope, et l'on a le phénomène d'« aberration de la lumière » découvert par Bradley : si la Terre est immobile dans l'espace, on ne doit constater aucun décalage apparent de la position des étoiles, leur lumière « tombant droit » sur notre planète. Mais comme la Terre orbite autour du Soleil, la lumière stellaire – et la position apparente des étoiles – est légèrement déviée d'un angle proportionnel au rapport de la vitesse orbitale de la Terre à celle de la lumière. Ce rapport est d'environ 1/10 000e, et il produit un déplacement maximal de 20,4". L'observation faite par Bradley de ce déplacement fournit ainsi une preuve directe, quoique non décisive, de l'orbite de la Terre autour du Soleil.

1772
La naissance de l'oxygène

Dès les origines, le feu est la principale source d'énergie dont disposent les hommes pour réaliser la transformation chimique de la matière. Mais la nature de la combustion va rester, jusqu'aux travaux d'Antoine-Laurent de Lavoisier, un sujet de pure – quoique intense – spéculation.

Les deux grands précurseurs de la chimie moderne, Robert Boyle et Robert Hooke, entreprennent bien, au XVIIe siècle, l'étude expérimentale de la combustion en observant le comportement de matières combustibles dans différents milieux, et ils reconnaissent tous deux le rôle de l'air dansle phénomène. Boyle note même, dans son *Sceptical Chymist* de 1661, que les métaux gagnent en poids lorsqu'ils sont brûlés à l'air libre – un fait déjà reconnu par le Français Jean Rey en 1630 –, mais il attribue cela à l'absorption de « particules ignées », constitutives de l'air, par les métaux. De toute façon, comme le rappelle l'historien de la chimie Aaron Ihde, « leurs travaux ne doivent en aucune façon être interprétés comme une anticipation de la découverte de l'oxygène. Leurs idées étaient très largement spéculatives car leurs expériences étaient, par la force des choses, limitées, puisqu'il n'existait pas encore de moyen pratique de préparer et de manipuler les gaz ».

Ces spéculations embryonnaires ne peuvent donc empêcher l'émergence, au début du XVIIIe siècle, de la théorie du « phlogistique », élaborée par Georg Stahl sous l'influence de son maître Johann Becher. Selon Becher, qui publie ses théories en 1667 dans sa *Physicae subterraneae*, la terre – qui est, avec l'eau, le « principe » à la base de tous les « mixtes » (mélanges) – est de trois sortes : *terra lapidae* (« terre vitrifiable », qui assure la solidité pesante des minéraux) ; *terra mercurialis* (« terre mercuriale », qui communique aux mixtes légèreté et malléabilité) ; et *terra pinguis* (« terre grasse », qui est perdue lors de la combustion).

Stahl va développer les idées de Becher et rebaptiser la *terra pinguis* en « principe phlogistique », qu'il assimilera au « principe métallique » dégagé par les métaux lors de leur corrosion ou de leur calcination. La fortune de la théorie de Stahl viendra du fait qu'elle unifie deux réactions chimiques en apparence très différentes : la combustion et l'oxydation. En effet, puisque le charbon, corps saturé de phlogistique, peut redonner à un minerai oxydé son éclat métallique initial, cela signifie qu'il lui a transféré son phlogistique. « Cela éclaire parfaitement les pratiques minières de "réduction" des minerais, note la biographe de Lavoisier Bernadette Bensaude-Vincent. C'est donc Stahl qui a montré la relation entre les deux réactions inverses que l'on nomme aujourd'hui oxydation et réduction. Lavoisier lui-même reconnaîtra qu'il s'agit d'une puissante découverte. »

Néanmoins, des doutes commencent à poindre vers le milieu du XVIIIe siècle quant à la réalité de la substance phlogistique proprement dite. Les sceptiques s'appuient sur deux constats. D'abord, le rôle essentiel de l'air dans la combustion, vérifié depuis Boyle et Hooke. En l'absence d'air, point de combustion, et la présence ou non d'un « phlogistique » dans les corps n'y change rien. Ensuite le fait, expérimentalement démontré par le chimiste français Guyton de Morveau en 1772, que les métaux gagnent en poids après une combustion. Cela contredit la théorie de Stahl selon laquelle un corps consumé perdrait son phlogistique, et donc une partie de son poids. De plus, Guyton de

Morveau prouve au cours de ses expériences que la présence d'air est nécessaire à la combustion et que celle-ci ne peut avoir lieu dans des récipients fermés contenant peu d'air.

Cette même année 1772, Lavoisier décide d'entreprendre ses propres recherches sur la combustion en utilisant du phosphore, élément qui vient tout juste d'être découvert et qui a la particularité de brûler spontanément au contact de l'air. La combustion du phosphore produit de l'acide phosphorique, dont le poids est supérieur à celui du phosphore d'origine. Lavoisier achète donc une once (environ 30 grammes) de phosphore au pharmacien Mitouard et il se met au travail.

Le 20 octobre 1772, il place huit grains de phosphore dans une capsule d'agate qu'il enferme sous une cloche de verre. Puis il dirige le foyer d'une lentille sur le phosphore qui se met à brûler, dégageant une vapeur qui se dépose sur les parois de la cloche. En quelques minutes, la vapeur se condense en gouttes d'acide phosphorique et Lavoisier peut alors en évaluer le poids : « La quantité d'acide retirée du phosphore est pondériquement plus grande que la quantité de phosphore même qui l'a produite, note-t-il. Cette augmentation de poids, dont il n'est pas aisé de constater au juste la proportion, provient de la combinaison de l'air qui se fixe dans cette opération. »

Afin d'éviter toute erreur due à l'absorption d'humidité atmosphérique par l'acide phosphorique, Lavoisier dilue l'acide phosphorique dans un ballon d'eau distillée ; il pèse ensuite celui-ci ; puis il pèse à nouveau le ballon lorsqu'il est seulement rempli d'eau distillée. Il obtient un poids d'acide phosphorique très supérieur au poids initial de phosphore, augmentation qui ne peut être imputable qu'à l'absorption d'air puisque le rôle de l'humidité a été annulé. Lavoisier répète ensuite ses expériences avec le soufre et obtient plus d'acide sulfurique que de soufre après combustion.

Mais si, comme le montrent ses expériences, la combustion fixe l'air, il doit être possible de réaliser une expérience qui dégagera cet air. C'est ce que va chercher à entreprendre Lavoisier en opérant la réduction de l'oxyde de plomb ou litharge (PbO). Il en place une petite quantité dans un récipient contenant du charbon. Lorsqu'elle est chauffée, la litharge se transforme à nouveau en plomb métallique en diminuant de poids et en libérant un volume de gaz très important. L'expérience confirme les hypothèses de Lavoisier, qui s'empresse de s'en assurer la paternité en remettant, le 1er novembre 1772, une lettre cachetée relatant ses travaux au secrétaire perpétuel de l'Académie des sciences :

« Il y a environ huit jours que j'ai découvert que le soufre, en brûlant, loin de perdre de son poids, en acquérait au contraire ; c'est-à-dire que d'une livre de soufre on pouvait retirer beaucoup plus d'une livre d'acide vitriolique [sulfurique], abstraction faite de l'humidité de l'air ; il en est de même du phosphore ; cette augmentation de poids vient d'une quantité prodigieuse d'air qui se fixe pendant la combustion et qui se combine avec ses vapeurs.

Cette découverte, que j'ai constatée par des expériences que je regarde comme décisives, m'a fait penser que ce qui s'observait dans la combustion du soufre et du phosphore pouvait bien avoir lieu à l'égard de tous les corps qui acquièrent du poids par la combustion et la calcination ; et je me suis persuadé que l'augmentation du poids des chaux [oxydes] métalliques tenait à la même cause.

L'expérience a complètement confirmé mes conjectures ; j'ai fait la réduction de la litharge dans des vaisseaux fermés, avec l'appareil de Hales, et j'ai observé qu'il se dégageait, au moment du passage de la chaux en métal, une quantité considérable d'air, et que cet air formait un volume mille fois plus grand que la quantité de litharge employée. Cette découverte me paraissant une des plus intéressantes de celles qui aient été faites depuis Stahl, j'ai cru devoir m'en assurer la propriété, en faisant le présent dépôt à l'Académie, pour demeurer secret jusqu'au moment où je publierai mes expériences. »

Pour l'historienne Bernadette Bensaude-Vincent, « ce pli cacheté fait le récit d'un moment décisif, historique, solennel. Tel fut, d'après Lavoisier lui-même, le commencement de la révolution chimique ». Pour un autre biographe, Jean-Pierre Poirier, « cette note représente l'acte de naissance de la chimie moderne ». En une page, Lavoisier détruit toutes les idées reçues sur la combustion. Dès lors, la théorie de Stahl est condamnée et elle recevra son coup de grâce dans le *Traité élémentaire de chimie* de 1789, où Lavoisier montrera l'inanité du principe phlogistique et le rôle effectif de l'oxygène (découvert par l'Anglais Joseph Priestley en 1774) dans la combustion des corps : la combustion est due à la fixation ou à la combinaison de l'oxygène de l'air avec la substance brûlée ; la chaleur et la lumière qui se dégagent proviennent de l'oxygène gazeux et non de la substance inflammable.

1777-1785

L'air et l'eau décomposés

Les 9 avril et 3 mai 1777, Antoine-Laurent de Lavoisier lit à l'Académie des sciences un mémoire, *Expériences sur la respiration des animaux et sur les changements qui arrivent à l'air en passant par leur poumon*, dans laquelle il expose sa découverte de la composition de l'air.

Lavoisier s'intéresse à la respiration depuis août 1773, date à laquelle il a cherché à déterminer si le gaz restant après la combustion des métaux permettait aux animaux de respirer. Il a alors distingué des gaz de deux sortes : ceux qui entretiennent la flamme des bougies et la respiration des animaux ; et ceux qui éteignent les bougies et tuent les animaux. Le 26 mars 1775, il annonce qu'il a identifié dans l'air atmosphérique une partie plus propre à la respiration, « un air plus pur, plus respirable, que l'air de l'atmosphère » (il sera baptisé, en 1777, « oxygène »).

Puis il prend connaissance, en avril 1776, des travaux de l'Anglais Joseph Priestley qui montrent que la combustion de carbone sous cloche entraîne la formation de gaz carbonique ; le gaz restant, incapable d'entretenir la respiration est, pour Priestley, l'*air phlogistiqué* (l'azote). Lavoisier, écrit son biographe Jean-Pierre Poirier « comprend [alors] que l'air atmosphérique est un véritable corps composé dans lequel entre pour 1/6e l'air respirable (l'oxygène) ; c'est lui qui est absorbé dans les calcinations et dans la formation des acides ; le reste est un gaz impropre à la respiration et à la combustion (l'azote) ».

Si l'air est un corps composé, Lavoisier doit pouvoir le décomposer, puis le recomposer. Il se livre donc à une manipulation, qu'il décrira dans ses *Expériences sur la respiration des animaux*. Dans une cuve pneumatique contenant 50 pouces cubiques d'air atmosphérique, il calcine pendant 12 jours 4 onces de mercure. Au bout de l'opération, il a obtenu 45 grains de mercure précipité et le volume d'air initial a diminué de 9 pouces cubiques. L'air résiduel éteint les bougies et fait périr les animaux. « Il paraissait donc prouvé, écrit Lavoisier, que le mercure, en se calcinant, avait absorbé la partie la meilleure, la plus respirable de l'air, pour ne laisser que la partie méphitique ou non respirable. »

La réduction du mercure précipité libère effectivement la « partie la plus respirable de l'air » ; en ajoutant celle-ci au gaz restant dans la cuve, on reconstitue l'air atmosphérique et Lavoisier peut conclure triomphalement : « Voici l'espèce de preuve la plus complète à laquelle on puisse arriver en chimie, la décomposition de l'air et sa recomposition… »

Huit ans plus tard, Lavoisier va se livrer à une autre opération de recomposition, cette fois sur l'eau. Il a appris en juin 1783, par Charles Blagden, l'assistant du chimiste anglais Henry Cavendish (le découvreur de l'hydrogène), que ce dernier avait obtenu de l'eau pure par combustion d'hydrogène et d'oxygène. Mais Cavendish, prisonnier de la théorie du phlogistique (voir ci-dessus « La Naissance de l'oxygène », p. 46), a mal interprété sa découverte. Il croit que l'hydrogène, l'« air inflammable », contient de l'eau et du phlogistique et que l'oxygène, l'« air déphlogistiqué », contient de l'eau mais pas de phlogistique ; la formation d'eau résulterait de la condensation des deux gaz, le manque de phlogistique de l'un étant compensé par le phlogistique de l'autre.

Le 24 juin, Lavoisier et Pierre-Simon de Laplace reproduisent l'expérience de la synthèse de l'eau en présence de

Blagden. Ils font parvenir, par des tuyaux contrôlés par des robinets, de l'oxygène et de l'hydrogène dans une caisse pneumatique remplie de mercure. Puis ils font brûler le mélange de gaz et la surface du mercure est alors recouverte de gouttes d'eau. Ils séparent ensuite l'eau du mercure (en faisant passer le mélange dans un entonnoir de verre : le mercure, plus lourd, s'écoule le premier) et la pèsent. Le lendemain, 25 juin, Lavoisier et Laplace peuvent annoncer à l'Académie : « L'eau n'est pas une substance simple ; elle est composée poids pour poids d'air inflammable et d'air vital. » Puis, dans son *Mémoire dans lequel on a pour objet de prouver que l'eau n'est point une substance simple*, Lavoisier écrit : « Si on brûle ensemble sous une cloche de verre un peu moins de deux parties d'air inflammable aqueux contre une d'air vital, en supposant que l'un et l'autre soient parfaitement purs, la totalité des deux airs est absorbée et l'on trouve à la surface du mercure une quantité d'eau égale en poids à celui des deux airs qu'on a employés. »

Reste à présent à faire l'analyse de ces « airs ». C'est ce à quoi Lavoisier va s'employer lors d'expériences menées en public et sous contrôle de l'Académie des sciences, les 27, 28 février et 1er mars 1785. L'eau a été au préalable synthétisée par combustion d'oxygène et d'hydrogène. Les deux gaz constituants sont ensuite extraits de cette eau au terme, écrit Jean-Pierre Poirier, d'un « minutieux protocole » : « l'eau, contenue dans un entonnoir à queue coudée fermée par un robinet, coule goutte à goutte, parcourt un canon de fusil en fer porté à l'incandescence et se décompose en hydrogène et en oxygène ; une cuve pneumatique à eau recueille l'hydrogène ; l'oxygène, qui n'est pas conservé, oxyde peu à peu le canon de fusil ; et une partie de la vapeur d'eau échappe à la décomposition ; elle se condense dans un serpentin et aboutit dans un flacon. »

Lavoisier peut alors affirmer que « l'eau n'est point un élément ; qu'elle est au contraire composée de deux principes très distincts, la base de l'air vital [l'oxygène] et celle du gaz hydrogène ; et que ces deux principes y entrent dans le rapport approché de 85 à 15 » (les valeurs exactes sont 89 à 11).

En une série d'expériences décisives, Lavoisier a démontré que ce que l'on croyait depuis Aristote être des éléments étaient en fait des composés. La chimie est effectivement révolutionnée.

1784

Plus et moins s'attirent…

C'est dans la première moitié du XVIIIe siècle que les recherches modernes en électricité prennent leur véritable essor avec les travaux de savants comme Stephen Gray qui découvre les principes de l'isolation et de la conduction électriques, Jean-Théodore Desaguliers qui met en évidence l'induction, et Charles Du Fay qui reconnaît deux types d'électricité – bientôt baptisés « électricité négative » et « électricité positive » par Benjamin Franklin.

Toutefois, comme le souligne l'historien des sciences Morris Shamos, ce qui manque encore, c'est « une connaissance quantitative des forces agissant entre les corps électriquement chargés ». Le physicien français Charles Augustin Coulomb va remédier à cette lacune en inventant, en 1784, la balance de torsion (un dispositif expérimental indépendamment mis au point à la même époque par le révérend John Michell et utilisée par Henry Cavendish pour déterminer la densité de la Terre – voir « Peser la Terre », p. 59).

La balance de torsion de Coulomb consiste en deux sphères *a* et *t* suspendues séparément dans un cylindre en verre hermétiquement fermé. La sphère *a* est attachée à une fine aiguille et contrebalancée par un contrepoids *g*. Elle est suspendue horizontalement au milieu du cylindre de verre par un fil de torsion en argent *lP*. Celui-ci est attaché au sommet d'un tube de verre, placé au-dessus du cylindre. Un micromètre de torsion *po*, qui permet tout à la fois de modifier et de mesurer le moment de torsion du fil d'argent, est fixé en haut du tube. La sphère *t* est, quant à elle, suspendue par une barrette depuis le sommet du cylindre de verre et touche la sphère *a*. Une échelle graduée *ZQ* est par ailleurs fixée sur un plan horizontal autour du cylindre de verre (voir figure).

Une fois son dispositif expérimental mis en place, Coulomb introduit une aiguille conductrice électriquement chargée dans le cylindre de verre. Il lui fait toucher la sphère *t* qui se charge d'électricité, tout comme la sphère *a* qui touche *t*. Étant chargées d'électricité de même signe, les sphères s'écartent l'une de l'autre.

Lors d'une première tentative, Coulomb obtient un écartement de 36° des deux sphères, mesurable grâce à l'échelle graduée fixée au cylindre de verre, le moment de torsion du fil d'argent restant nul. Puis, avant d'effectuer son second essai, il tord avec le micromètre de torsion le fil d'argent de 126°, contrecarrant ainsi la force de répulsion entre les deux sphères. Il note alors qu'« une force torsionnelle proportionnelle au moment de torsion est produite qui tend à ramener la sphère *a* vers la sphère *t*. En comparant la force torsionnelle avec la distance entre les deux sphères, la loi de répulsion est déterminée ».

La distance entre les sphères *a* et *t* est en effet à présent de 18°. Il s'ensuit donc qu'à une distance de 18° la force répulsive est équivalente à 144° (somme de 126° et de 18°). « De sorte, écrira Coulomb, qu'à la moitié du premier écartement [18° contre 36°] la répulsion des sphères est quatre fois plus grande [144° contre 36°]. » Au cours de son troisième essai, Coulomb tord de 567° le fil d'argent et il obtient un écartement de 8,5° entre les deux sphères. La force répulsive est cette fois équivalente à 575,5°, soit pratiquement quatre fois celle du précédent essai, « la distance entre les sphères manquant seulement d'un demi-degré de se trouver à la moitié de la valeur qu'elles avaient lors du second essai ». Le résultat des trois essais n'en est pas moins concluant :

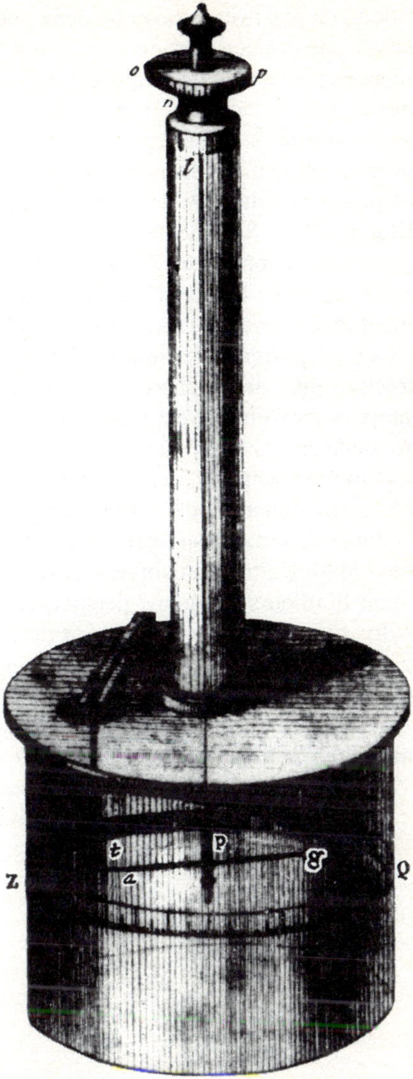
o
p
n
l
t
p
g
Z
a
Q

« Il résulte donc de ces trois essais que deux sphères chargées de même type d'électricité exercent l'une sur l'autre une force répulsive inversement proportionnelle au carré de leur distance. »

Après avoir quantifié la force répulsive des charges électriques, le physicien va maintenant s'intéresser à leur force attractive en chargeant chacune de ses sphères d'électricité de signe différent. Cette fois encore, les résultats sont clairs, quoique les mesures expérimentales soient plus délicates à réaliser car il s'agit cette fois d'éviter que les sphères *a* et *t* ne se touchent et ne perdent leur charge. Coulomb note : « En comparant les différents résultats, j'en ai conclu que la force attractive entre deux sphères chargées, l'une positivement, l'autre négativement, est inversement proportionnelle au carré de la distance entre les centres des sphères, tout comme je l'ai montré pour les forces répulsives. »

On ne saurait manquer d'être frappé par les termes de cette loi fondamentale de l'électrostatique, qui sont ceux-là mêmes de la loi de l'attraction universelle d'Isaac Newton (Coulomb était d'ailleurs lui-même persuadé, avant même d'entreprendre son expérience, que la loi de l'électrostatique s'inspirerait du modèle newtonien). On peut en déduire que les charges électriques agissent comme des masses et que les forces entre elles varient avec la distance, de la même manière que la force de gravitation agit entre deux masses et varie avec leur distance. Une différence majeure cependant : la force électrique peut être attractive ou répulsive, tandis que la force gravitationnelle est, elle, seulement attractive.

1798

Peser la Terre

Il aura fallu attendre plus d'un siècle entre la publication par Isaac Newton de sa loi de l'attraction universelle et la vérification expérimentale directe de celle-ci. Cela s'explique par le fait qu'une mesure précise de la force d'attraction entre deux masses susceptibles de faire l'objet d'une étude de laboratoire est techniquement très difficile à réaliser. La valeur de la force d'attraction entre de telles masses est en effet infime.

La loi de l'attraction universelle établie par Newton dans ses *Principes mathématiques de la philosophie naturelle,* en 1687, énonce que deux masses M et m séparées par une distance r exercent mutuellement l'une sur l'autre une force de gravitation dont l'intensité est $F = GMm/r^2$, où G est une constante, dite de gravitation, M et m les masses qui s'attirent et r la distance entre les centres des deux masses (en d'autres termes, la force d'attraction entre deux corps est proportionnelle au produit de leur masse et inversement proportionnelle au carré de leur distance). Précisons par ailleurs que Newton ne s'intéressait pas à la quantification de sa loi ; il n'avait donc pas cherché la valeur de la constante de gravitation G.

Rapidement admise par la communauté scientifique, car elle rend compte de nombreuses données astronomiques, la loi de l'attraction universelle va être expérimentalement vérifiée grâce aux travaux du grand savant anglais Henry Cavendish, qui s'est intéressé au problème de la gravitation sous l'influence de son ami John Michell, de la Royal Society de Londres.

Michell a mis au point, peu avant sa mort, un dispositif expérimental que Cavendish va installer dans sa villa de Clapham, tout en l'améliorant (figure 1). Il s'agit d'une balance de torsion consistant en une tige de bois, longue de deux mètres (*bb'* sur la figure), renforcée par un fil en argent *(bwb')* et suspendue en position horizontale par un fil d'un mètre *(lw)*, lui-même attaché à une perche *(AA')*. A chacune des extrémités de la tige est suspendue une sphère de plomb de 5 cm de diamètre (*x* et *x'*). Le tout est enfermé dans un coffrage en acajou (en pointillé sur la figure) pour protéger la balance de torsion des courants d'air.

Par ailleurs, deux grandes sphères de plomb, d'un diamètre de 30 cm (*W* et *W'*), sont suspendues par un dispositif en bois et cuivre *(B)*, à proximité des sphères *x* et *x'*. Ce dispositif peut pivoter sur lui-même, par l'intermédiaire de poulies actionnables à distance (*P* et *P'*). Le déplacement de la position des grandes sphères doit pouvoir modifier la position des petites sphères et, avec elle, celle de la tige de la balance de torsion. C'est cette modification de position qui signalera l'action attractive des grandes sphères.

Pour déterminer à tout instant la position de la tige de la balance de torsion, Cavendish dispose des marqueurs d'ivoire gradués qui lui permettront de déterminer cette position au dixième de millimètre près. Il va par ailleurs utiliser, pour relever les mesures, deux télescopes (*T* et *T'*) et éclairer les marqueurs à l'aide de lampes (*L* et *L'*). Lampes et télescopes seront placés dans une pièce extérieure car Cavendish a décidé d'enfermer son dispositif expérimental pour éviter tout risque d'erreur causée par les variations thermiques sur l'appareillage.

Les dix-sept expériences que Cavendish va maintenant entreprendre vont consister, pour l'essentiel, à rapprocher les grandes sphères des petites. Elles leur font ainsi éprou-

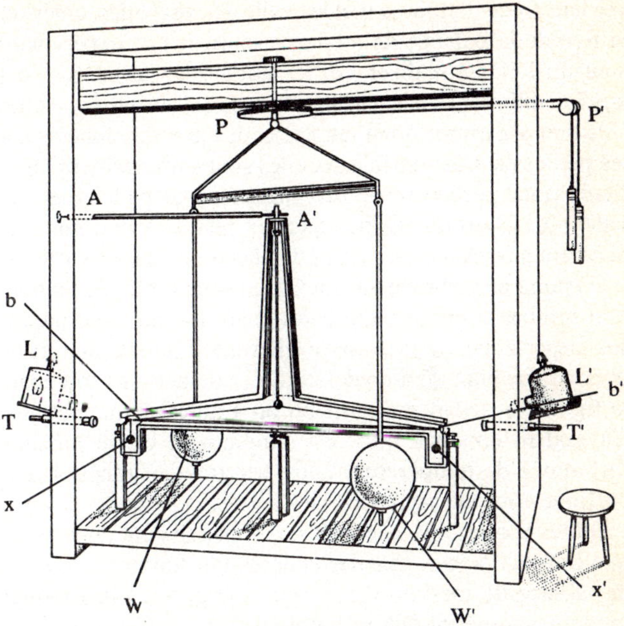

Figure 1

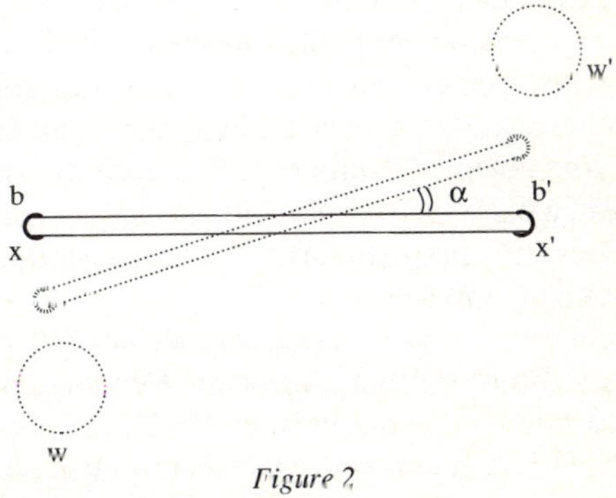

Figure 2

ver leur force d'attraction et les « tirent » vers elles, amenant la tige de la balance de torsion à tourner. Les expériences sont difficiles à réaliser, car les attractions mesurées sont *a priori* infimes. Mais, comme le notera Cavendish, « elles suffisent à montrer que l'attraction des grandes sphères sur les petites est très sensible ; et elles sont suffisamment régulières pour permettre de déterminer assez exactement la valeur de l'attraction, puisque les résultats extrêmes ne diffèrent pas les uns des autres de plus d'une partie sur dix ».

Un point perturbe cependant Cavendish : l'effet de l'attraction semble continuer une demi-heure ou une heure après ses expériences. Après avoir cherché à déterminer si ce phénomène était dû à un défaut d'élasticité du fil soutenant la tige de la balance de torsion ou à un effet magnétique, Cavendish constate qu'il est simplement causé par une différence de température entre les grandes sphères et le coffrage en acajou qui abrite les petites.

Toutes corrections effectuées, Cavendish peut déterminer que l'attraction des grandes sphères fait tourner la tige de la balance de torsion d'un angle α (figure 2). En termes modernes, on écrit que le couple de torsion $C\alpha$ (C étant la constante de torsion du fil) est compensé par l'attraction, ce qui donne : $C\alpha = 2GMma/r^2$, où $2a$ est la longueur de la tige de la balance de torsion ; M la masse des grandes sphères ; m la masse des petites sphères ; r la distance entre le centre des grandes sphères et des petites sphères. La valeur de chacun des termes de l'équation étant connue, on peut dès lors obtenir G, qui est égal, d'après les données de Cavendish, à $6{,}754 \times 10^{-11}$ Nm^2/kg^2 (où N est le newton, la force nécessaire pour impartir à une masse de 1 kg une accélération de 1 m/s^2).

La valeur de Cavendish sera améliorée en 1895 par le physicien C. V. Boys, utilisant une balance de torsion plus sensible, et à nouveau entre 1930 et 1942 par les physiciens P. R. Heyl et J. Zahradnicek. Mais le résultat le plus précis à ce jour sera donné en 1982 par les physiciens G. G. Luther et W. R. Towler. Ils calculeront : $G = 6{,}6726 \times 10^{-11}$ Nm ^{2}/kg ^{2}.

Toutefois, ce n'est pas ce résultat que recherchait Cavendish, dont l'objectif n'était pas de déterminer la valeur absolue de G. Il a intitulé son compte rendu *Experiments to Determine the Density of the Earth*. Le savant anglais voulait en effet utiliser sa mesure pour tenter de calculer la densité moyenne de la Terre. En réalité, comme le soulignera le grand physicien américain Richard Feynman, « Cavendish affirma qu'il pesait la Terre, mais ce qu'il mesurait était le coefficient G de la loi de gravitation. C'est la seule manière par laquelle la masse de la Terre peut être déterminée ».

En effet, l'inconnue dans l'équation de Newton ($F = GMm/r^2$) n'est plus désormais G, qui vient d'être déterminé, mais la masse de la Terre, M. Étant entendu que F, la force de gravitation est connue depuis Newton (selon la deuxième loi de la dynamique de Newton, elle vaut $F = ma$; a étant l'accélération que la terre impartit à un objet quelconque tombant sur sa surface, qui est connue depuis Galilée et qui est égale à 9,80 m/s ^{2} ; m étant la masse du second corps, dont la valeur peut être arbitrairement choisie par le savant anglais ; r étant la distance du centre de m au centre de la Terre (le rayon terrestre). Dès lors, on trouve immédiatement M.

Une fois déterminée la masse de la Terre (égale à $5{,}98 \times 10^{27}$ g), Cavendish peut calculer sa masse volumique. Or, le volume d'une sphère vaut $V = 4\pi r^3/3$, ce qui permet d'obtenir $1{,}09 \times 10^{27}$ cm ^{3} pour le volume de la Terre. De la division de M par V, Cavendish conclut que « la densité de la Terre est 5,48 fois supérieure à celle de l'eau ».

Ce résultat est remarquable puisque la valeur moderne de la densité de la Terre, trouvée en 1895 par C. V. Boys, est en accord avec elle à 1 % près : elle vaut 5,5270. Mais il va néanmoins surprendre Cavendish. En effet, son résultat est le double de celui que laissait prévoir la densité des roches de surface, qui est de 2,8. En fait, cet écart s'explique par l'hypothèse géophysique moderne selon laquelle la plus grande partie de la Terre est constituée de fer, élément nettement plus lourd que l'eau des océans et que les roches de surface.

Finalement, le plus important dans l'expérience de Cavendish, c'est qu'il soit parvenu à donner une vérification rigoureuse de la loi de l'attraction universelle et une expression quantitative de cette loi.

1803
La lumière est-elle une onde ?

La nature de la lumière est l'un des principaux problèmes qu'ont tenté de résoudre les chercheurs du XVIIe et du XVIIIe siècle. Au XVIIIe siècle, la plupart des physiciens optaient, avec Isaac Newton, pour une théorie corpusculaire de la lumière. Mais certains des contemporains du grand savant anglais, comme Robert Hooke, Christian Huygens ou Francesco Grimaldi, envisageaient que la lumière puisse être composée d'ondes, bien que cette notion n'ait pas encore le sens qu'on lui donne aujourd'hui. Il leur manquait cependant une preuve expérimentale, que le savant anglais Thomas Young allait donner en 1803.

Thomas Young fut incontestablement l'un des grands esprits du début du XIXe siècle. Philologue confirmé (il maîtrisait six langues et eut, avant Champollion, de remarquables intuitions en matière de déchiffrement des hiéroglyphes), il se passionna aussi pour la botanique, la philosophie, la chimie et la médecine, avant de se tourner vers la physique et, plus particulièrement, le problème de la lumière – « un sujet sans importance du point de vue de la vie courante ou professionnelle, écrira-t-il, mais extrêmement intéressant par ailleurs, en ce qu'il nous aide à comprendre la nature de nos sensations et la constitution de l'univers en général ».

La première expérience de Young va consister à faire tomber de la lumière solaire sur la tranche de cartes à jouer et à étudier l'ombre qu'elle projette. Il observe alors l'apparition de franges qu'il juge causées par la diffraction de la lumière

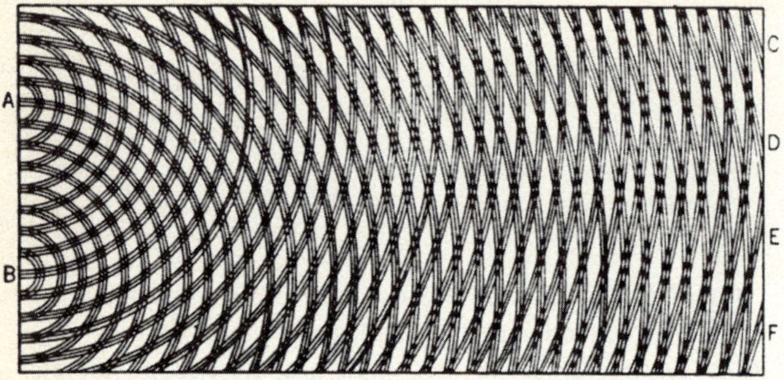

L'interférence des deux ondes issues de A et B donne une série de franges hyperboliques (C, D, E, F), alternativement sombres et brillantes.

par les cartes : « Ces franges, écrira-t-il, sont dues aux effets conjoints de la lumière qui passe sur chaque côté des cartes et qui est infléchie, ou plutôt diffractée, dans l'ombre. » Ce phénomène de diffraction, c'est-à-dire de contournement des obstacles par la lumière, est une première preuve de sa nature ondulatoire, une lumière corpusculaire devant nécessairement être arrêtée par un obstacle et ne pouvant le contourner.

Lors d'une autre expérience plus décisive encore, le physicien va faire passer un faisceau de lumière à travers deux fentes taillées à proximité l'une de l'autre dans un écran. Il doit en résulter un dédoublement de la lumière observable sur une toile de fond. Or, au lieu de donner une seule tache lumineuse, le mélange des deux lumières produit une série de raies parallèles, les unes brillantes, les autres sombres. Ce sont les franges d'interférence (figure 1).

Young va donner une explication à ce phénomène étrange de production d'obscurité par la lumière. Lorsque l'onde lumineuse traverse les fentes de son dispositif, elle se dédouble par diffraction en deux ondes sphériques cohérentes. Les deux trajets parcourus depuis les fentes jusqu'à la toile de fond sont inégaux : il existe entre eux une légère « différence de marche ». Les deux ondes sont donc alternativement en phase, auquel cas elles se renforcent mutuellement, produisant une raie brillante : ce sont les interférences constructives ; ou bien elles sont déphasées, auquel cas elles s'annulent, produisant une raie sombre : ce sont les interférences destructives.

Ce phénomène s'observe dans tous les phénomènes ondulatoires (sons, liquides, etc.), dès lors que les ondes proviennent d'une source cohérente – un fait clairement reconnu par Young qui note que puisque « les sons musicaux consistent en qualités opposées, capable de se neutraliser mutuellement, nous sommes parfaitement fondés à en conclure qu'il doit y avoir une forte ressemblance entre la nature du son et celle de la lumière ». En somme, selon Young, la lumière est de nature ondulatoire, tout comme le son.

Persuadé du bien-fondé de son analyse, Young va jusqu'à effectuer des mesures des longueurs d'onde de la lumière – les premières jamais réalisées : « D'une comparaison entre les diverses expériences, conclura-t-il, il apparaît que la largeur des ondulations qui constituent la lumière rouge doit être, dans l'air, de l'ordre d'un 36/1 000e de pouce, et celles dans le violet d'environ un 60/1 000e ; la moyenne du spectre lumineux total étant d'environ un 45/1 000e de pouce. » Young ne précise pas quelle technique il a utilisée pour réaliser ces mesures, ce qui est d'autant plus regrettable que ses valeurs numériques sont à peu de chose près correctes.

1819-1820

Expliquer le magnétisme par l'électricité

La parenté entre électricité et magnétisme n'avait pas manqué de frapper certains physiciens du XVIIIe et du début du XIXe siècle, qui savaient que la foudre pouvait magnétiser le fer : l'électricité était donc susceptible d'engendrer du magnétisme. Plusieurs savants cherchaient à vérifier cette relation entre électricité et magnétisme qui devait s'avérer capitale, puisqu'elle est à la base de tous les phénomènes électromagnétiques. Il allait revenir à un physicien danois, Hans Christian Oersted, professeur à l'université de Copenhague, de la mettre en évidence, lors d'une série de cours sur l'électricité, le galvanisme et le magnétisme donnés durant l'hiver 1819-1820.

On a longtemps cru que la découverte d'Oersted avait été le fruit du hasard, mais cette hypothèse a été récemment infirmée. Oersted pensait que les phénomènes naturels pouvaient s'expliquer par référence à une ou deux forces de base. Il était donc favorable au principe de la conversion des forces. Dès 1813, par exemple, il avait prédit qu'un fil conducteur pouvait générer un champ magnétique, mais ses travaux d'enseignant l'avaient empêché de mettre au point une expérience pour tester cette possibilité.

En 1819, le dispositif expérimental d'Oersted consiste en une boussole placée sur une table à quelque distance d'une pile voltaïque. Celle-ci est un entassement de vingt plaques rectangulaires de cuivre et de zinc, dont la forme concave permet de les remplir d'un mélange d'eau, d'acide sulfurique et d'acide nitrique, particulièrement conducteur. D'après les calculs modernes, le potentiel de cette pile aurait été de l'ordre de 15-20 volts. Oersted met en communication les extrémités opposées de sa pile, par un fil de cuivre qu'il baptise « fil conjonctif », et il écrit dans son Mémoire : « Nous donnerons aux actions dont ce conducteur et l'espace qui l'environne sont le siège le nom de conflit électrique [courant électrique]. »

Oersted tend alors une portion rectiligne de ce fil au-dessus de l'aiguille aimantée de sa boussole, qui est orientée nord-sud, et il observe que l'aiguille quitte sa position et que le pôle qui se trouve sous la partie du fil conjonctif la plus voisine de l'extrémité négative de la pile dévie vers l'ouest.

Il poursuit son expérience en interposant divers corps devant l'aiguille aimantée et le fil : du verre, du métal, de l'eau, des pierres, de la résine, de la terre cuite, du bois, de l'ambre, de la porphyre. L'effet de déviation de l'aiguille aimantée continue à se produire, ce qu'Oersted ne manque pas de noter : « Il est inutile de rappeler que la poursuite de tels effets, à travers tous ces matériaux, n'a jamais été observée en électricité et en galvanisme. Donc, les effets des conflits électriques sont aussi différents que possible des effets d'une force électrique sur une autre. »

A l'issue de ses expériences, Oersted déclare que leur conséquence principale est que « l'aiguille aimantée est déviée de sa position d'équilibre par l'action de l'appareil galvanique [la pile électrique] et que cet effet se produit quand le circuit est fermé et non quand il est ouvert ; c'est pour avoir laissé le circuit ouvert que de célèbres physiciens n'ont point réussi, il y a quelques années, dans des tentatives de ce genre ».

La communication d'Oersted fait grand bruit à travers le monde scientifique, car si un certain nombre de physiciens sont persuadés du lien entre électricité et magnétisme, la grande majorité, à la suite de Charles Augustin Coulomb, croit qu'électricité et magnétisme sont de natures totalement distinctes et n'envisage pas un seul instant que l'électricité puisse engendrer du magnétisme. On cherche donc à expliquer le phénomène découvert par Oersted par le fait que le cuivre du fil conducteur est devenu un véritable aimant (alors que les propriétés magnétiques n'ont jusque-là été observées que dans le fer et l'acier).

Ce n'est pas l'avis du physicien français André-Marie Ampère qui assiste, les 4 et 11 septembre 1820, à une reconstitution de l'expérience d'Oersted, réalisée par Gaspard de la Rive et François Arago à l'Académie des sciences de Paris. Ampère note en effet que les actions électromagnétiques sont transversales, puisque l'aiguille aimantée se met en croix avec le courant. « Or, explique le physicien Paul Janet, aucun arrangement des molécules magnétiques, quelque compliqué que l'on puisse l'imaginer, n'est capable d'expliquer ce fait : les actions magnétiques sont des actions newtoniennes, c'est-à-dire des forces qui s'exercent entre deux points selon la droite qui joint ces points ; elles pourraient expliquer des attractions et des répulsions, mais pas des rotations. Il faut donc renoncer à expliquer l'électromagnétisme par le magnétisme ; mais alors, pourquoi ne pas faire l'inverse [et expliquer le magnétisme par l'électricité] ? »

C'est précisément ce que pense Ampère qui lit à l'Académie des sciences, le 18 septembre 1820, un Mémoire relatif « aux nouveaux phénomènes galvanico-magnétiques ». Dans celui-ci, il préconise l'emploi d'un appareil constitué par un barreau de fer placé à l'intérieur d'un fil de cuivre entouré en hélice, dans lequel on fera passer le courant électrique. Ampère prévoit que cet ensemble, auquel il donne le nom de « solénoïde », se comportera comme un aimant. De fait, il réussit à aimanter son solénoïde sous la seule influence du courant électrique.

Puisque le solénoïde s'aimante ainsi, c'est que les aimants sont eux-mêmes des solénoïdes. Dans ces conditions, deux solénoïdes doivent pouvoir agir l'un sur l'autre en exerçant des forces d'attraction et de répulsion selon la proximité de leurs pôles Nord ou Sud. L'ensemble de ces expériences, faites entre le 18 et le 25 septembre 1820, donne les résultats attendus et permet de ramener tout à fait logiquement le magnétisme à l'électricité. Ampère, à la suite d'Oersted, a magistralement démontré leur identité.

La démonstration d'Ampère

A la suite de ses communications à l'Académie des sciences, en 1820, Ampère a brièvement consigné ses expériences faites entre le 18 et le 25 septembre dans des notes.

« *Séance du 18 septembre* – Je réduisis les phénomènes observés par M. Oersted à deux faits généraux. Je montrai que le courant qui est dans la pile agit sur l'aiguille aimantée comme celui du fil conjonctif [le fil qui réunit, à l'extérieur, les deux bornes de la pile]. Je décrivis les instruments que je me proposais de faire construire, et entre autres des spirales et des hélices galvaniques [solénoïdes]. J'annonçai que ces dernières produiraient, dans tous les cas, les mêmes effets que les aimants. J'entrai ensuite dans quelques détails sur la manière dont je conçois les aimants, comme devant uniquement leurs propriétés à des courants électriques dans des plans perpendiculaires à leur axe et sur les courants semblables que j'admets dans le globe terrestre ; en sorte que je réduisis tous les phénomènes magnétiques à des effets purement électriques.

Séance du 25 septembre – Je donnai plus de développement à cette théorie, et j'annonçai le fait nouveau de l'attraction et de la répulsion de deux courants électriques sans l'intermédiaire d'aucun aimant, fait que j'avais observé sur des conducteurs pliés en spirale. »

« Et voilà, conclut-il dans une lettre à son fils, en date du 25 septembre, une nouvelle théorie de l'aimant qui en ramène par le fait tous les phénomènes à ceux du [courant] galvanique. »

1821-1831

L'induction électromagnétique

« Si j'avais eu à choisir entre être Shakespeare ou Faraday, j'aurais préféré être Faraday », écrivait le romancier anglais Aldous Huxley. Michael Faraday, le découvreur de l'induction électromagnétique, était un homme véritablement à part dans la science de son temps. Comme le remarque l'historien des sciences Morris Shamos, « au début du XIXe siècle, la physique avait fait des avancées notables, en particulier dans la branche de la mécanique, et il fallait une bonne formation en mathématiques pour pouvoir suivre professionnellement l'évolution rapide de cette science. Pourtant, l'expérimentateur le plus prolifique de cette période et, en fait, de toute l'histoire de la physique, fut un homme dont l'éducation ne dépassait pas le niveau élémentaire ». Faraday symbolise ainsi, aux yeux de ses concitoyens anglais, l'éclatante réussite intellectuelle d'un hommc du peuple.

Le physicien commence à s'intéresser à l'électromagnétisme après avoir pris connaissance de la découverte d'Oersted (voir ci-dessus « Expliquer le magnétisme par l'électricité », p. 68), et il écrit au cours de l'été 1821 un compte rendu sur les recherches en électromagnétisme, intitulé « Bref essai historique sur l'électromagnétisme », pour le journal britannique *Annals of Philosophy*. En septembre de la même année, Faraday réalise sa première grande expérience qui met en évidence l'interaction entre un courant et un aimant.

Il monte verticalement un fil conducteur dans lequel

passe un courant fourni par une batterie. Puis il détermine les positions que prend une aiguille aimantée lorsqu'elle est soit attirée, soit repoussée par le fil conducteur. Les positions successives de l'aiguille permettent à Faraday de suggérer que « le fil conducteur électrisé possède une rotation naturelle autour du pôle magnétique ». Dès lors, écrit Faraday, « le fil conducteur devrait tourner autour du pôle magnétique et le pôle magnétique autour du fil ». C'est pour mettre en évidence cet effet que Faraday met au point une nouvelle expérience (voir figure page suivante).

Il emploie à cette fin deux récipients de verre remplis de mercure (métal liquide conducteur). Une aiguille en cuivre est insérée à la base de chaque récipient, tandis que les bras d'un pilier en laiton sont placés de façon à ce que leurs extrémités se trouvent directement au-dessus de chaque aiguille. Dans le récipient de gauche, le bras du pilier est prolongé afin qu'il touche la surface du mercure et un aimant cylindrique est fixé verticalement au bout de l'aiguille de cuivre et élevé légèrement au-dessus de la surface du mercure. Quand une batterie est reliée au pilier de laiton et à l'aiguille de cuivre, l'aimant tourne autour de l'axe du récipient.

Mais, pour Faraday (qui s'inspire de la troisième loi de Newton), tout effet doit provoquer un effet correspondant, si bien qu'à chaque effet de l'électricité sur le magnétisme doit correspondre un effet du magnétisme sur l'électricité. Donc, dans le récipient de droite, Faraday fixe un aimant cylindrique dans l'axe du récipient et il l'élève légèrement au-dessus de la surface de mercure. Un fil conducteur rigide est suspendu du pilier en laiton et touche la surface en mercure. Quand un courant électrique passe dans le pilier et l'aiguille de cuivre, le fil électrisé tourne autour d'un axe vertical. Faraday, non content de démontrer la nature circulaire de la force exercée par un courant sur un aimant, vient d'inventer le premier moteur électrique…

Après avoir obtenu, comme Oersted et Ampère, la conver-

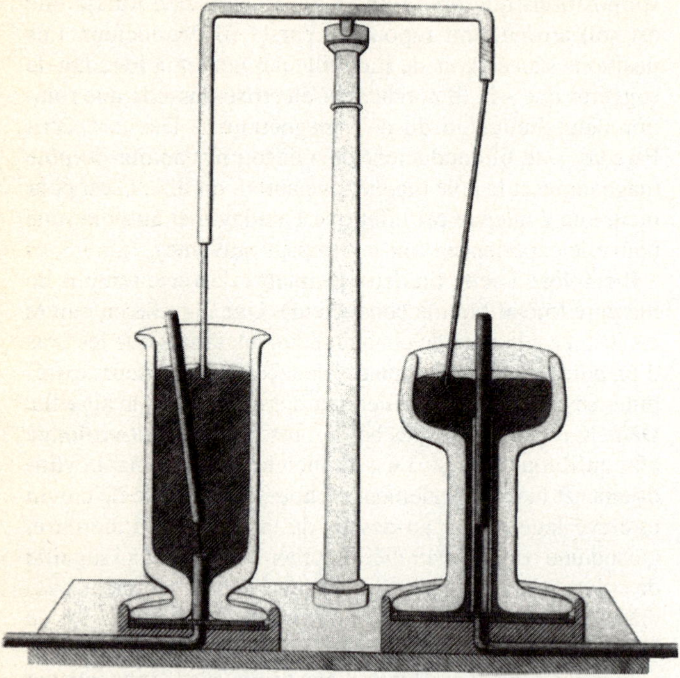

sion de l'électricité en magnétisme – et, qui plus est, démontré la conversion d'énergie électrique en énergie mécanique –, ce dernier va s'intéresser à l'effet inverse : la conversion de magnétisme en électricité, à savoir l'induction électromagnétique. Mais il faudra attendre 1831 pour qu'il y parvienne et qu'il lise à la Royal Institution une communication rendant public le résultat de ses recherches.

« L'espoir d'obtenir de l'électricité par le magnétisme ordinaire, écrit-il alors, m'ont porté à différentes époques à expérimenter l'effet *inductif* des courants électriques.

Je suis parvenu dernièrement à des résultats positifs, et j'ai trouvé, pour m'exprimer ainsi, une clef qui m'a paru mettre entièrement à découvert les phénomènes magnétiques de M. Arago et dévoiler un nouvel état qui peut probablement avoir une grande influence sur quelques-uns des plus importants effets des courants électriques. »

Le physicien français François Arago avait en effet montré, en 1824, qu'il était possible de provoquer la rotation d'un disque de cuivre en faisant tourner un barreau aimanté situé au-dessous de lui, dans son champ magnétique. Faraday va expliquer ce phénomène par la création d'un courant d'induction et il annonce, le 28 août 1831, qu'il a réussi pour la première fois à créer un tel courant.

Il a utilisé à cette fin un anneau de fer doux, autour duquel il a enroulé en spirale deux fils de cuivre. Un des deux fils était relié à un dispositif susceptible de déceler les courants électriques (un galvanomètre). L'autre fil était attaché à une batterie. Lorsque le courant était ouvert ou fermé, le courant passait dans le premier fil, qui n'avait pourtant aucun contact avec le second. Faraday en conclut que la variation du magnétisme induite par l'ouverture ou la fermeture du courant dans le fer doux avait induit à son tour un courant électrique dans le premier fil.

La découverte réalisée par Faraday était qu'un courant électrique pouvait être induit dans un circuit par un courant électrique dans un circuit voisin, mais que l'induction se produisait seulement quand on ouvrait ou que l'on fermait le courant primaire. Faraday en déduisit que c'était la variation du champ magnétique qui induit le courant et que le même effet pouvait donc être produit en déplaçant un aimant, sans avoir de courant au départ.

Afin de générer un courant continu, Faraday construisit alors une « dynamo à disque », où un disque de cuivre pouvait être mis en rotation entre les pôles d'un aimant. La rotation du disque était due au fait que les courants induits par le champ magnétique dans le disque de cuivre induisaient à leur tour un champ magnétique qui, en interagissant avec le premier, entraînaient la rotation du disque (c'est le principe de la génératrice à courant continu).

Toutefois, Faraday ne s'intéressait pas à l'application pratique de sa découverte et il allait revenir à l'inventeur français Hippolite Pixii, en 1832, de mettre au point la première machine électrique à courant induit (l'ancêtre de la dynamo moderne) : cette machine, à mouvement rotatif, fournissait du courant électrique au moyen de deux bobines, un électroaimant fixe, le courant étant redressé par un redresseur à coquille. Pixii allait être suivi par Zénobe Gramme et sa dynamo de 1873, puis par Nikola Tesla et son moteur à induction de 1888. Le monde allait bientôt pouvoir entrer, grâce aux travaux de Michael Faraday, dans l'ère du « tout-électrique ».

1822

Mesurer la vitesse du son

Le fait que le son se propage dans l'air est reconnu dès l'Antiquité par des savants comme Vitruve et Héron d'Alexandrie. Mais les premières expériences visant à déterminer sa vélocité ne sont conduites qu'à la Renaissance. Elles sont dues à Marin Mersenne et Pierre Gassendi. Ce dernier obtient la valeur de 1 473 pieds par seconde pour la vitesse de propagation du son. Cette valeur est excessive et Gassendi méconnaît la nature physique du son : il lui assigne un support propre et ne l'assimile pas à une propagation de l'air.

D'autres tentatives ont lieu au cours du XVIIe siècle, sous l'impulsion des physiciens de l'Académie de Florence, d'Edmond Halley, de Robert Boyle – qui montre que l'élasticité de l'air permet la propagation du son – de Giovanni Cassini et de Christian Huygens. Toutefois les résultats expérimentaux sont contradictoires et, face à cette situation, l'Académie des sciences décide d'entreprendre une nouvelle expérience en 1738. Des coups de canon sont échangés en pleine nuit entre l'Observatoire, Montmartre, Fontenay-aux-Roses et Montlhéry. Le chronométrage du temps séparant l'apparition du feu et l'arrivée du son permet de fixer à 333 mètres par seconde la vitesse du son dans l'air à 0° C.

Cette valeur n'est pas retrouvée lors d'expériences complémentaires menées en Allemagne, et l'on pense que les causes des divergences observées sont liées à l'influence de la vitesse du vent et à l'état hygrométrique de l'atmosphère. Une nouvelle expérience, beaucoup plus rigoureuse que la précédente, est donc mise sur pied en 1822 par le Bureau des longitudes, sous la conduite de François Arago assisté du physicien Marie Riche de Prony.

Pour réduire les incertitudes dues au vent, les deux hommes décident d'utiliser la méthode des coups croisés « qui consiste, comme l'écrira par la suite Arago dans son compte rendu de l'expérience, à produire deux sons pareils au même instant dans deux stations, et à observer dans chacune d'elles le temps que le son de la station opposée emploie à y arriver : le vent produisant alors des effets contraires sur les deux vitesses, la moyenne des deux résultats doit être aussi exacte que si le vent avait été parfaitement tranquille ».

Arago emploie par ailleurs des chronomètres bien plus fiables que les instruments de mesure précédents. Enfin, l'état hygrométrique de l'air, la température, la pression atmosphérique sont soigneusement relevés. Les résultats obtenus donnent une valeur de 340,88 mètres par seconde pour la vitesse de propagation du son dans l'air, à une température de 15,9° C. Avec la correction de température, cela donne une vitesse de 330,9 m/s à 0° C, en accord avec la valeur moderne de 331,0 m/s à 0° C.

Sur le plan théorique, une première formule de la vitesse de propagation du son dans l'air avait été donnée en 1687 par Newton. Il avait alors énoncé que la vitesse de propagation devait être inversement proportionnelle à la racine carrée de la densité de l'air. Mais son résultat était en désaccord de 10 % par rapport aux meilleures données expérimentales. En 1802, le physicien français Pierre-Simon de Laplace réussit à rendre compte de cette différence : la formule de Newton n'est valable que dans des conditions isothermiques, alors qu'il faut tenir compte du changement de température provoqué par les compressions et les dilatations successives des couches d'air au cours de la propaga-

L'expérience de Villejuif et Montlhéry

Cet extrait est tiré du compte rendu de François Arago intitulé *Résultats des expériences faites, par ordre du Bureau des longitudes, pour la détermination de la vitesse du son dans l'atmosphère,* les 21 et 22 juin 1822.

« Les expériences commencèrent à onze heures. Le temps était serein et presque complètement calme : le peu de vent qu'il faisait soufflait de Villejuif à Montlhéry, ou plus exactement du nord-nord-ouest au sud-sud-est.

A Villejuif, nous entendîmes parfaitement, MM. de Prony, Mathieu et moi, tous les coups de Montlhéry. [...] Nous les avons combinés avec les coups correspondants observés à Villejuif : or, si l'on remarque l'accord des résultats, on ne pourra guère douter, je pense, que le nombre définitif qui en a été déduit ne soit exact, à un ou deux dixièmes de seconde près. Au reste, il serait injuste de ne pas faire hommage de cette exactitude, du moins en grande partie, aux excellents moyens d'évaluer le temps que MM. Bréguet, avec leur libéralité accoutumée, avaient mis à notre disposition, et qui consistaient, pour Montlhéry, en trois chronomètres à arrêt, dont l'un marquait jusqu'aux soixantièmes de seconde. A Villejuif, nous avions, M. Mathieu et moi, deux chronomètres du même genre, qui donnaient les dixièmes. Quant à M. de Prony, il comptait l'intervalle écoulé entre l'apparition de la lumière et l'arrivée du son sur un chronomètre qui battait 150 coups par minute.

[Arago explique ensuite les relevés géodésiques effectués d'un lieu de tir à l'autre.]

J'ai puisé, dans ces mesures, divers moyens de calculer la distance du canon de Villejuif au canon de Montlhéry, que j'ai trouvée de 9 549,6 toises [18,612 km]. En la divisant par 54,6, nombre moyen de secondes que le son employait pour franchir la distance des deux stations, on trouve que 174,90 toises [soit 340,88 m] étaient, durant l'expérience du 21, l'espace parcouru par le son dans une seconde sexagésimale. »

tion du son. Le rapport des chaleurs massiques spécifiques de l'air à pression et à volume constants (Á = 1,3748) est calculé en 1822 par Joseph Gay-Lussac et J. J. Welter. Il permet de tirer une valeur théorique de la vitesse de propagation du son dans l'air en accord avec les données expérimentales modernes.

Mais les savants ne se préoccupent pas seulement de la vitesse du son dans l'air et dans les autres gaz. Sa propagation dans les liquides et dans les solides est aussi étudiée au cours du XIXe siècle. Jean-Baptiste Biot s'intéresse ainsi, en 1808, à la vitesse du son dans les solides. Et Daniel Colladon et Charles Sturm obtiennent, en 1828, à la suite d'expériences menées dans le lac Léman, la valeur de 1435 m/s pour la vitesse de propagation du son dans l'eau.

1828

Du vitalisme à la chimie organique

L'idée qu'il est possible de créer du vivant à partir de l'inerte est une croyance qui se développe dans certains cercles alchimiques à partir du Ier siècle de notre ère, et qui prend un essor particulier au IXe siècle dans l'École alchimique de Jabir ibn Hayyan.

Les adeptes de Jabir, sans doute influencés par les théories des Grecs sur la génération spontanée et par leurs travaux sur les automates, imaginent différents procédés magiques pour réaliser la génération artificielle de l'Homme. Leurs recettes consistent à utiliser des matières organiques (sperme, chair, os, nerfs) que l'on assemble dans une sphère en « mouvement perpétuel » pour recréer l'être vivant.

On imagine ce qu'une telle pratique peut avoir de sacrilège aux yeux de l'Église chrétienne qui ne reconnaît que la Création divine, et l'on comprend ainsi mieux pourquoi les recherches de chimie organique – sur la constitution chimique du vivant et sur les lois qui la gouvernent – ne seront guère actives jusqu'au XIXe siècle. Pour contrecarrer les tendances hérétiques de ceux qui cherchent à s'assimiler au Dieu créateur, la science occidentale développe alors une doctrine destinée à jouer un rôle perturbateur dans l'essor de la chimie et de la biologie : le vitalisme.

Selon cette théorie, les processus biologiques ne peuvent s'expliquer par les lois ordinaires de la physique et de la chimie, car chaque organisme vivant contient une « force

La synthèse de l'acétylène par Berthelot

Ce texte de Marcelin Berthelot est extrait des *Annales de chimie et de physique*, tome 67, année 1863.

« Les carbures d'hydrogène [au nombre desquels l'acétylène] et les alcools sont le point de départ de la formation des autres composés organiques : aussi, après avoir réussi à opérer la synthèse des alcools et celle de leurs éthers au moyen des carbures d'hydrogène, j'ai tourné tous mes efforts vers la formation des carbures d'hydrogène eux-mêmes au moyen des éléments. […] J'eus enfin recours à la pile et à l'arc électrique qui se produit entre deux pointes de charbon, avec élévation successive de température et transport du charbon d'un pôle à l'autre. J'ai pris soin de purifier les baguettes de charbon de toute matière goudronneuse et hydrogénée, par l'emploi du chlore.

Dans ces conditions nouvelles, l'expérience réussit pleinement. La combinaison de l'hydrogène et du carbone s'effectue à l'instant. Dès que l'arc jaillit, l'acétylène prend naissance et c'est le seul produit que j'ai reconnu dans la réaction. Sa production continue, tant que l'arc électrique passe. Elle peut être reproduite indéfiniment avec les mêmes charbons, tant que le transport de matière qui s'opère entre les pôles ne les a pas désagrégés entièrement :

$$\underset{\text{Carbone}}{2C} + \underset{\text{Hydrogène}}{H_2} \rightarrow \underset{\text{Acétylène}}{C_2H_2}$$

[…]

L'acétylène, ainsi formé par la synthèse directe de ses éléments, n'est pas un être isolé, mais un point de départ.

En effet, j'ai dit comment on pouvait aisément le changer en gaz oléifiant par une simple addition d'hydrogène :

$$\underset{\text{Acétylène}}{C_2H_2} + \underset{\text{Hydrogène}}{H_2} \rightarrow \underset{\text{Éthylène}}{C_2H_4}$$

Avec le gaz oléifiant on forme l'alcool, et l'on entre ainsi dans cette chaîne de composés dans l'ensemble constitue la Chimie organique. A toutes ces synthèses et formations progressives, celle de l'acétylène donne désormais pour premier fondement une synthèse directe. »

vitale » *(vis vitalis)* qui ne peut être analysée, ni *a fortiori* synthétisée. Il ne s'agit pas ici de la différence entre le corps et l'esprit ou entre la chair et l'âme, mais d'une distinction spécifique entre matière vivante et matière inerte, l'une ne pouvant se réduire à l'autre, ni être créée à partir de l'autre.

Au cours du développement ultérieur de la chimie, la position vitaliste est maintes fois réaffirmée, sous deux formes fondamentales. La première, d'ordre exogène, stipule qu'un principe extérieur se superpose au corps vivant et le dote de certaines de ses propriétés vitales. La seconde, d'ordre endogène, prétend que les organismes vivants possèdent des caractéristiques uniques et non réductibles, du fait du mode d'organisation spécifique de la matière qui les compose. Les tenants du vitalisme peuvent, avec cette seconde explication, se passer de toute référence théologique. Ils vont dès lors compter dans leurs rangs quelques-uns des plus grands noms de la biologie et de la chimie du XVIe au XVIIIe siècle : William Harvey, Johann Batista Van Helmont, Georges Louis Buffon, Xavier Bichat, John Hunter.

L'effet de cette attitude doctrinale est évidemment néfaste pour le développement de la chimie organique, qui reste un domaine totalement inexploré jusqu'à la fin du XVIIIe siècle. Lavoisier est le premier à considérer qu'elle est une partie réellement intégrante de la chimie. Mais, au début du XIXe siècle, les chimistes restent encore divisés sur la question de savoir s'il est possible de synthétiser une substance appartenant au vivant. Certains doutent même que les substances organiques obéissent aux lois de la chimie.

L'un de ceux qui rejettent de tels *a priori* est le chimiste allemand Friedrich Wöhler. Quelque temps auparavant, le chimiste français Michel-Eugène Chevreul a réussi à montrer que certaines graisses et d'autres substances rencontrées chez les animaux et les végétaux étaient semblables. Il a ainsi abattu la barrière entre le monde animal et le monde végétal. Wöhler pense qu'il est possible d'en faire autant pour le monde organique et le monde inorganique.

En 1828, alors qu'il chauffe du cyanate d'ammonium – une substance cristalline inorganique –, il obtient des cristaux qui n'ont aucune des caractéristiques des cyanates. Wöhler, qui a étudié la constitution de l'urine lorsqu'il était étudiant en médecine, reconnaît alors l'un de ses produits constitutifs : l'urée. Triomphant, il peut écrire au grand chimiste allemand Jön Jacob Berzelius, l'un des tenants du vitalisme de l'époque : « Je dois vous dire que je peux fabriquer de l'urée d'un homme ou d'un chien, sans l'aide de reins. Le cyanate d'ammonium est l'urée. »

La découverte de Wöhler marque un pas décisif dans l'abandon du vitalisme, mais les tenants de la doctrine continuent de résister. Ils ont noté que l'urée n'a pas été synthétisée à partir de substances inorganiques, puisque l'acide cyanique et l'ammonium peuvent être considérés comme des dérivés de substances organiques.

Une démonstration décisive a finalement lieu en 1844, lorsque le chimiste allemand Hermann Kolbe réalise la synthèse totale d'un composé organique – l'acide acétique – à partir de composés inorganiques. Les expériences du chimiste français Marcelin Berthelot, qui synthétise dans les années 1860 plusieurs composés organiques (comme le méthane ou l'acétylène), donnent le coup de grâce à la doctrine vitaliste.

1838

La distance des étoiles

Le problème de la mesure de la parallaxe stellaire – c'est-à-dire du déplacement apparent sur un an de la position des étoiles les plus proches, dû à la présence de l'observateur sur une Terre en orbite autour du Soleil – revêt une importance capitale dans le cadre de l'hypothèse héliocentrique.

Si la Terre orbite autour du Soleil, comment se fait-il en effet que l'on ne puisse observer de changement dans la position des étoiles ? Telle est l'objection principale qui est opposée au IIIe siècle avant notre ère au système héliocentrique d'Aristarque de Samos. Celui-ci a beau expliquer que les étoiles sont extrêmement lointaines et qu'il n'est pas possible d'observer leur déplacement apparent sur la voûte stellaire, les détracteurs du savant grec utilisent cet argument pour récuser son hypothèse.

L'abandon du système géocentrique de Ptolémée et l'adoption graduelle du système de Copernic relance le débat. L'absence de parallaxe stellaire fragilise en effet la jeune théorie héliocentrique. Copernic, quoique persuadé de l'existence de déplacements parallactiques, estime qu'ils ne peuvent être mesurés avec l'instrumentation de son temps, étant donné l'extraordinaire distance à la Terre des étoiles les plus proches : la précision d'observation au cours du XVIe siècle ne dépasse pas quelques minutes d'arc (le télescope ne sera inventé qu'au siècle suivant) et Copernic en déduit que la distance des étoiles à la Terre doit être supérieure à 1 000 unités astronomiques (l'unité astrono-

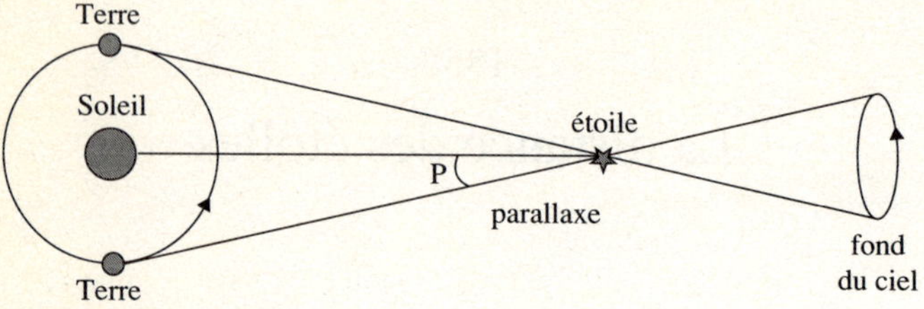

mique, ou u.a., est égale à la distance de la Terre au Soleil).

L'astronome anglais James Bradley, qui observe dans la première moitié du XVIIIe siècle avec une instrumentation considérablement améliorée (Newton a inventé son télescope en 1668), peut mesurer des changements de position jusqu'à 0,5 seconde d'arc. Mais il n'arrive toujours pas à détecter de parallaxe, et il en conclut que la distance des étoiles les plus proches à la Terre doit dépasser 400 000 u.a.

Un premier pas en avant est réalisé en 1718, lorsque l'astronome anglais Edmond Halley découvre des étoiles qui affichent un mouvement propre – c'est-à-dire un changement de position progressif par rapport aux étoiles voisines. Halley estime que ces astres sont susceptibles d'être les plus proches de nous (de même qu'une personne dans une foule paraît se déplacer plus vite si elle est proche de nous), et cette opinion est partagée par l'un des maîtres de l'astronomie de position de l'époque, l'astronome allemand Friedrich Wilhelm Bessel, qui présume que les étoiles dotées d'importants mouvements propres doivent en moyenne être plus proches de nous que celles dont le mouvement propre est faible. C'est donc ce critère qui doit être principalement retenu lorsque l'on cherche à détecter une parallaxe stellaire.

Bessel sélectionne alors l'étoile double 61 Cygni. « J'ai entrepris cette enquête sur l'étoile 61 Cygni, expliquera-t-il plus tard, car elle est le meilleur choix possible en raison de son important mouvement propre [l'un des composants de l'étoile est en effet doté d'un mouvement propre de 5,2 secondes d'arc par an] ; elle offre l'avantage annexe d'être une étoile double et peut, de ce fait, être observée avec plus de précision ; et elle est proche du pôle, ce qui fait qu'à l'exception d'une petite partie de l'année, on peut toujours l'observer la nuit à une hauteur suffisante au-dessus de l'horizon. »

Les recherches de Bessel, commencées en 1812 à l'observatoire de Königsberg, sont au départ non concluantes. Mais, en 1829, l'observatoire achète un télescope achromatique de 24 cm de diamètre, fabriqué par le grand opticien bavarois Joseph Fraunhofer – l'inventeur du spectroscope. Ce télescope, placé sur monture équatoriale et muni d'un micromètre qui permet de mesurer avec précision de très petites dimensions angulaires, est l'instrument le plus puissant de son temps.

Bessel reprend alors ses recherches et, après des centaines d'observations, réussit en 1838 à mesurer la parallaxe de 61 Cygni : il obtient p = 0,3136" (la valeur moderne est de 0,30"), et il en tire une distance de l'étoile au Soleil égale à 10,3 années-lumière (connaissant la distance parcourue par la Terre pour produire ce déplacement parallactique, Bessel peut effectivement déterminer l'éloignement de l'étoile, tout comme un arpenteur qui mesure des distances). Un an après, en janvier 1839, l'astronome écossais Thomas Henderson annonce une parallaxe de 0,92" pour Alpha du Centaure (ce qui en fait l'étoile la plus proche de nous après le Soleil). Et, en 1840, l'astronome allemand Wilhelm Struve découvre la parallaxe de Véga (p = 0,2613").

Ces mesures ne révolutionnent pas les conceptions du cosmos (la théorie héliocentrique est depuis longtemps admise), mais elles apportent une nouvelle et importante vérification expérimentale du mouvement de la Terre autour du Soleil. Elles montrent aussi qu'un objectif scientifique fixé par la communauté astronomique peut être atteint, même si cela demande parfois plusieurs siècles.

1845-1850

Mesurer la chaleur

La mesure de l'équivalent mécanique de la chaleur, c'est-à-dire du taux de transformation de chaleur en travail, est l'une des expériences classiques de la thermodynamique. Elle est l'œuvre du physicien anglais James Prescott Joule.

A l'époque de son expérience, la nature de la chaleur n'est toujours pas comprise, car la thermodynamique est encore prisonnière de la théorie du calorique. Le calorique est un fluide hypothétique qui passe pour servir de véhicule à la chaleur et qui serait, selon les physiciens de l'époque, composé de particules minuscules qui se repousseraient les unes les autres, mais seraient attirées par la matière. Ce fluide est censé circuler des corps chauds vers les corps froids, et l'échauffement par frottement est expliqué par le fait que le frottement enlève du calorique et fait ainsi paraître les corps plus chauds.

A la fin du XVIIIe siècle, Benjamin Thompson, comte de Rumford, réalise les premières expériences convaincantes sur la nature de la chaleur, mais celles-ci ne seront prises au sérieux que vers le milieu du XIXe siècle. Thompson suggère que la chaleur dégagée par l'alésage des canons est liée, non à une perte de calorique, mais au travail effectué sur ceux-ci. Car, comme le montre une série d'expériences auxquelles il se livre, l'alésage ne modifie pas la capacité calorifique du métal alors que, selon la doctrine du calorique, les copeaux de métal produits par l'alésage auraient dû gagner en capacité calorifique.

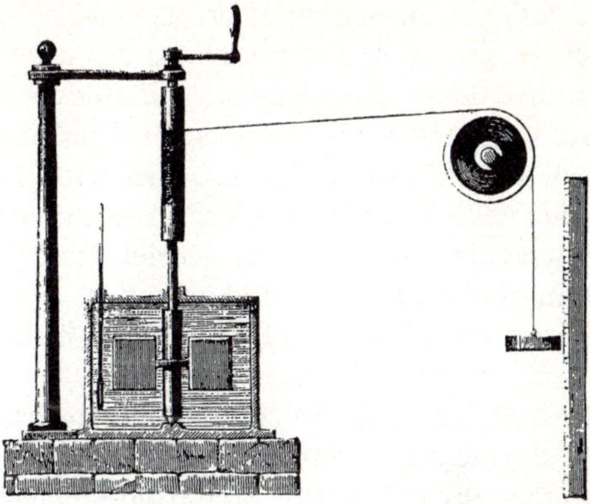

A la suite de l'expérience de Thompson, mais aussi à partir d'arguments d'ordre biologique, la théorie mécanique de la chaleur est pour la première fois énoncée en 1842 par Julius Mayer, pour qui chaleur et travail sont équivalents et peuvent être convertis l'un en l'autre. James Joule va démontrer, entre 1843 et 1850, la justesse de cette hypothèse. « Joule, écrit son biographe Donald Cardwell, parvint à établir que chaleur et travail sont interchangeables, que le rapport entre les deux est fixe et qu'il est entièrement indépendant des matériaux ou des procédés employés. »

La principale expérience du physicien anglais, présentée en 1845 dans un Mémoire à la Royal Society anglaise, va consister à placer horizontalement une roue à aubes dans une cuve d'eau (figure 1). Le mouvement des palettes de la roue leur sera communiqué par un treuil qui, lorsqu'il se dévidera, entraînera la chute de deux masses, de quatre livres (1,8144 kg) chacune. Celles-ci tomberont d'une hauteur d'environ douze yards (10,97 m), à une vitesse d'un pied (30,48 cm) par seconde – une vitesse de chute relativement faible, due à la grande résistance à l'eau des palettes de la roue à aubes.

La chute des deux masses entraînera alors les palettes, par l'intermédiaire du treuil, et le frottement des palettes dans l'eau de la cuve devra normalement échauffer cette eau (la température s'élèvera, car l'eau effectue un travail en résistant aux palettes). L'opération sera répétée seize fois, puis la température de l'eau sera déterminée à l'aide d'un thermomètre très sensible, susceptible de déceler des différences de températures d'1/100e de degré Fahrenheit.

Joule décrira lui-même ses résultats de la manière suivante :

« Une série de neuf expériences [avec le dispositif de la roue à aubes] a été menée ainsi qu'il a été décrit ci-dessus, afin d'éliminer les effets dus au refroidissement ou au réchauffement de l'atmosphère [sur les deux masses]. [...] Je peux en conclure que l'existence d'une relation d'équivalence entre la chaleur et les formes ordinaires d'énergie mécanique est démontrée ; et déduire la valeur de 817 livres, moyenne des trois classes d'expériences, comme équivalent [mécanique de la chaleur], et ce jusqu'à ce que des expériences plus précises aient été faites.

Ceux des lecteurs qui ont la chance de résider dans le décor romantique du pays de Galles ou de l'Écosse pourront, sans aucun doute, vérifier mes expériences en relevant la température de l'eau au sommet et au bas d'une cascade. Si mes calculs sont corrects, une chute de 817 pieds générera naturellement un degré [Fahrenheit] de chaleur ; et la température des eaux du fleuve Niagara sera augmentée d'environ un cinquième de degré [Fahrenheit] par leur chute de 160 pieds [aux chutes du Niagara]. » Il va de soi qu'une élévation de température aussi faible n'est pas décelable, mais la conclusion de Joule est néanmoins exacte.

Cinq ans plus tard, en 1850, Joule va présenter aux membres de la Royal Society un nouveau Mémoire. Y sont relatées une série d'expériences semblables en tous points à celles de 1845, mais pour lesquelles il a utilisé des jeux différents de palettes pour la roue à aubes : un premier jeu en laiton ; un second en fer forgé ; et un troisième en fonte. Les deux derniers jeux ont de plus été immergés dans du mercure et non dans de l'eau. Grâce à cette expérience, Joule va pouvoir effectivement montrer que le taux entre chaleur et travail est fixe et « qu'il est entièrement indépendant des matériaux ou des procédés employés ».

Joule obtiendra trois séries de résultats pour ces expériences : 772,692, 774,083 et 774,987 *foot-pounds*. Joule choisira finalement la valeur de 772 *foot-pounds* comme équivalent mécanique de la calorie – un chiffre remarquablement proche de la valeur moderne, qui est de 778 *foot-pounds* (soit environ, avec les unités employées aujourd'hui, 1054 J). Plus important encore, l'expérience de Joule fournira la première illustration convaincante du principe de conservation de l'énergie, l'une des lois fondamentales de la physique moderne.

1848
La matière ambidextre

C'est après avoir pris par hasard connaissance d'une note du cristallographe Eilhard Mitscherlich que Pasteur, alors élève à l'École normale supérieure, commence à s'intéresser aux phénomènes de dissymétrie dans les cristaux. Mitscherlich a constaté que dans deux combinaisons salines, le tartrate et le paratartrate de soude et d'ammoniaque, « la nature et le nombre des atomes, leur arrangement et leurs distances sont les mêmes. Cependant, le tartrate dévie le plan de la lumière polarisée et le paratartrate est indifférent ». Pasteur est troublé par le fait que deux substances aussi semblables puissent ne pas être tout à fait identiques.

Il décide donc de préparer des cristaux de tartrate et de paratartrate de soude et d'ammoniaque, et bénéficie alors d'une première circonstance favorable : il réussit à obtenir des cristaux de paratartrate de soude et d'ammoniaque de plusieurs millimètres, voire de plusieurs centimètres. Or, comme le rappelle le chimiste Jean-Jacques, « toutes les substances chimiques ne bénéficient pas d'une telle croissance et ne cristallisent pas si joliment ; certains cristaux, malgré toutes sortes d'artifices techniques, restent obstinément microscopiques. C'est dire que, dans ces conditions, la reconnaissance à l'œil nu des fameuses petites facettes dissymétriques et le tri manuel des deux formes n'auraient pu être envisagés ».

Pasteur se met ensuite à comparer les cristaux ainsi obtenus, avec l'idée préconçue qu'il va trouver une dissymétrie dans la forme du tartrate et une absence de dissymétrie dans celle du paratartrate qui correspondront respectivement à la dissymétrie optique du tartrate et à l'inactivité optique du paratartrate sur le plan de la lumière polarisée.

Il observe effectivement les « petites facettes accusatrices de la dissymétrie » du tartrate de soude et d'ammoniaque ; mais il constate par ailleurs un phénomène étonnant dans les cristaux de paratartrate. Contrairement à ses attentes, tous portent les facettes de la dissymétrie. De plus, « il y en avait de deux sortes sous le rapport de la disposition des facettes. Chez les uns, la facette de dissymétrie la plus rapprochée de mon corps s'inclinait à ma droite [relativement à un plan perpendiculaire à l'observateur], tandis que, chez les autres, la facette de dissymétrie s'inclinait à ma gauche. En d'autres termes, le paratartrate se présentait comme formé de deux formes de cristaux, les uns dissymétriques à droite, les autres dissymétriques à gauche. »

Des deux formes cristallines, l'une était connue depuis Schème et se confondait avec celle d'un sel de l'acide tartrique « naturel ». Mais l'autre était entièrement insoupçonnée et correspondait à un dédoublement spontané du paratartrate. La solution dans l'eau d'une de ces espèces faisait « tourner » à droite le plan de la lumière polarisée, tandis que l'autre le faisait tourner à gauche.

Pasteur vient de découvrir la dissymétrie moléculaire. Il a montré qu'il existe des substances dont le groupement atomique est dissymétrique et que ce groupement se traduit par une forme dissymétrique et par une action de déviation sur le plan de la lumière polarisée. Cette découverte est fondamentale pour la chimie car, comme le notera Pasteur lui-même, cela signifie qu'« il doit y avoir des groupes d'atomes symétriques et d'autres dissymétriques, c'est-à-dire des groupes droits et gauches [par analogie avec les mains droite et gauche qui ne sont pas superposables], des groupes inverses les uns des autres. Ceux-ci, nous les connaissons ; ce sont, par exemple, le groupe tartrique droit et le groupe tartrique gauche. Il existe une foule de groupes d'atomes dissymétriques qui attendent encore la production artificielle ou naturelle de leurs inverses. Nous avons le sucre droit ; nous ignorons l'existence du sucre gauche. Nous avons l'albumine gauche ; nous ignorons l'albumine droite. Nous avons la quinine gauche ; nous ignorons la quinine droite [...]. »

Dans l'étude qu'il lui a consacrée, Jean-Jacques précise que Pasteur bénéficia de deux autres circonstances favorables lors de la réalisation de son expérience (outre le fait d'avoir pu obtenir des cristaux de paratartrate de bonne taille). Tout d'abord, et bien que l'on connaisse aujourd'hui des milliers de composés « racémiques » – c'est-à-dire composés de deux espèces moléculaires droite et gauche en parties égales –, le dédoublement spontané ne peut se produire que dans un cas sur dix. C'est un phénomène qui n'a rien de général et qu'il est très difficile de mettre en évidence.

Ensuite, le phénomène de dédoublement spontané que Pasteur observa ne peut être obtenu que dans des conditions très particulières de température. Au-dessus de 28° C, le mélange en parties égales de cristaux hémièdres droits et gauches fait place à une autre variété cristalline où les deux espèces de substance sont combinées, « complémentairement associées dans le même réseau solide ». Ainsi, précise Jean-Jacques, si au lieu de travailler dans une cave parisienne le laboratoire de Pasteur se fût trouvé à Dakar, il « n'aurait jamais sans doute été le Pasteur qui fonda la stéréochimie, la science des molécules dans leurs trois dimensions ».

1851

La Terre tourne sur elle-même !

L'hypothèse de la rotation de la Terre autour de son axe, énoncée pour la première fois dans l'Antiquité, est une conséquence directe de l'observation du mouvement des étoiles sur vingt-quatre heures. Celui-ci intéresse en effet très tôt les astronomes qui sont étonnés par la propriété apparente qu'ont les étoiles d'opérer une rotation complète autour de la Terre en un laps de temps aussi court.

La tradition a préservé le nom de plusieurs savants et philosophes grecs des Ve et IVe siècle avant J.-C. qui auraient expliqué le mouvement diurne en maintenant immobile le ciel des étoiles fixes et en attribuant à la Terre une rotation uniforme d'ouest en est autour de son axe : Philolaos, Hicétas, Ecphantus, Platon et Héraclide du Pont. En fait, Héraclide fut sans doute le premier à professer une telle hypothèse. Nous disposons en effet de témoignages concordants à cet égard. Toutefois, il est intéressant de noter que Philolaos, Hicétas et Ecphantus sont des Pythagoriciens, qui ont abandonné l'idée d'une Terre située au centre du monde pour celle d'une Terre orbitant avec les autres corps célestes autour d'un Feu central. Comme le notent les historiens de la science grecque M. R. Cohen et I. E. Drabkin, « l'explication de la révolution diurne apparente de la sphère céleste par l'hypothèse d'une Terre centrale en rotation autour de son axe est différente de la conception pythagoricienne. Mais elle peut représenter une évolution de cette conception, par le transfert du Feu central au cœur de la Terre ».

D'Héraclide du Pont, nous savons qu'il vécut de 388 à 310 avant notre ère environ, qu'il fut probablement un élève de Platon et peut-être même d'Aristote. Ses écrits couvraient de nombreux domaines – éthique, physique, astronomie, musicologie, critique littéraire, rhétorique – mais ils ont tous été perdus. Héraclide était surnommé le « Paradoxologue » par ses contemporains. Il aimait à soutenir les opinions les plus nouvelles et les moins répandues. Son explication du mouvement diurne des étoiles en fut incontestablement une.

Voici comment la présente le commentateur d'Aristote, Simplicius. Il fait allusion aux auteurs « tels Héraclide du Pont et Aristarque [de Samos], qui croient possible de sauver les apparences en maintenant immobiles le Ciel et les astres et en faisant tourner la Terre d'occident en orient autour des pôles de l'équateur, et cela de telle manière qu'elle fasse chaque jour à peu près un tour. Ils ajoutent le mot "à peu près" en raison du mouvement propre du Soleil, qui est d'[environ] un degré par jour ». La référence est ici au mouvement du Soleil sur l'écliptique : le Soleil réalise un cercle complet en un an (360° en 365 jours) et son mouvement propre sur un jour est donc d'un petit peu moins d'un degré. Héraclide, et Aristarque après lui, assignent donc clairement la durée du jour solaire et non du jour sidéral – à la rotation de la Terre.

L'idée d'Héraclide est très largement acceptée par les astronomes. Elle rend compte de manière élégante du mouvement diurne des étoiles, tout en éliminant l'hypothèse, difficile à accepter pour les sens, d'une rotation accélérée de la sphère céleste autour du globe terrestre. Elle permet aussi d'expliquer simplement l'alternance des jours et des nuits. Pourtant, il faut attendre la seconde moitié du XIXe siècle, et l'expérience du physicien français Léon Foucault, pour qu'elle soit concrètement démontrée.

Foucault remarque en 1851 que « la notion du mouvement

de rotation de la Terre est aujourd'hui tellement répandue, elle a si victorieusement passé du domaine de la science pure dans celui des idées vulgaires, qu'il pourra sembler superflu d'en donner une preuve nouvelle. Cependant, si l'on considère que les principaux arguments à l'appui de ce mouvement sont tirés de l'observation des phénomènes célestes, on accordera peut-être quelque attention au résultat d'une expérience qui permet de conclure à la rotation de la Terre par l'inspection d'un phénomène produit à domicile et sans jeter un coup d'œil sur le ciel ».

C'est la fameuse expérience du pendule de Foucault. Le physicien part du principe que le plan d'oscillation d'un pendule est invariable dans l'espace et ne dépend pas d'une rotation du support du pendule. Dans ces conditions, si l'on abandonne le pendule à l'action de la pesanteur sans lui communiquer aucune impulsion latérale, il oscillera dans un plan invariable. « Si ces oscillations se perpétuent pendant un certain temps, le mouvement de la Terre, qui ne cesse de tourner d'occident en orient, deviendra sensible par le contraste de l'immobilité du plan d'oscillation dont la trace sur le sol semblera animée d'un mouvement conforme au mouvement apparent de la sphère céleste ; et si les oscillations pouvaient se perpétuer pendant vingt-quatre heures (le pendule étant placé au pôle), la trace de leur plan exécuterait dans ce même temps une révolution entière autour de la projection verticale du point de suspension ». Foucault met sur pied son expérience en janvier 1851 et, le 8 du même mois, il obtient le résultat attendu : « Le pendule a tourné dans le sens du mouvement diurne de la sphère céleste. »

Un autre type de démonstration aurait pu aussi être réalisé, basé sur l'« effet Coriolis », qui avait été découvert en 1844 par le physicien Gaspard Coriolis. Celui-ci avait alors noté que si la Terre était bien en rotation autour de son axe, elle ne pouvait être considérée comme un référentiel inertiel. Donc, si l'on tirait en l'absence de vent une balle de fusil plein nord, on devait s'attendre à ce que sa trajectoire soit latéralement déviée et qu'elle atterrisse au nord-nord-est de son point de départ. Effectivement, pour une balle de 22 long rifle, la déviation observée est de l'ordre de 0,2 mètre par kilomètre. Mais cette expérience, contrairement à celle de Foucault, est très difficile à réaliser en raison de la résistance de l'air qui masque le phénomène.

L'expérience du pendule de Foucault

Nous donnons ici un extrait du récit de l'expérience de Foucault, réalisée pour le grand public en 1852 au Panthéon :

« Le mouvement de la Terre sur elle-même est ici rendu évident au moyen d'un grand pendule, dont le fil attaché au sommet de la coupole descend jusqu'au niveau de la rampe et porte à son extrémité inférieure une boule formée d'une enveloppe en cuivre renfermant une masse de plomb qui la remplit complètement. Le fil a 67 m de long ; son diamètre est de 1,4 mm. La boule pèse 28 kg et produit, quand on en charge le fil, un allongement permanent de 5 à 6 cm. Elle porte inférieurement un prolongement pointu suivant la direction du fil, et qui sert à observer la marche de l'appareil. Quand il est au repos, le pendule marque le point de centre commun à la table et au grand cercle de bois qui l'entoure. Ce cercle n'a pas moins de 6 m de diamètre. Il est divisé extérieurement en 360 degrés, et chaque degré en quatre parties. Sur la table, on a tracé des cercles plus petits, et les divisions correspondent à celles du grand cercle en bois.

On lance le pendule dans toute direction, à volonté, et, pour bien voir comment il marche, on place sur le rebord du cercle en bois deux bancs de sable humide, fraîchement moulés. Ils sont alignés suivant la course du pendule. Celui-ci pratique, en passant sur chacun d'eux, une première brèche, qui s'agrandit de plus en plus tant que les oscillations dépassent le cercle en bois. L'agrandissement de la brèche a toujours lieu vers la gauche de la personne qui regarde vers le centre, comme si le plan d'oscillation tournait de droite à gauche ; mais comme on est sûr que ce plan ne tourne pas autour de la verticale, il faut bien que ce soit la Terre qui tourne de gauche à droite… »

1860

De quoi sont faites les étoiles ?

En 1820, le philosophe français Auguste Comte déclare dans son *Cours de philosophie positive* qu'il sera sans doute à tout jamais interdit à l'homme de connaître la nature physico-chimique des étoiles. Son affirmation, qui est largement acceptée à l'époque, aurait pourtant pu être démentie depuis 1802, date à laquelle l'astronome anglais William Wollaston avait dispersé les rayons du Soleil à travers un prisme, suivant la technique mise au point par Isaac Newton en 1669 (voir ci-dessus *« Experimentum crucis »,* p. 31). Il avait alors observé une série de raies sombres dans le spectre solaire. Mais Auguste Comte ignorait alors ce résultat et Wollaston n'avait lui-même aucune conscience de la portée de sa découverte…

En 1814, l'opticien bavarois Joseph Fraunhofer invente un nouvel instrument, le spectroscope, grâce auquel il entend déterminer les indices de réfraction du verre. Il s'agit d'un théodolite – instrument utilisé jusque-là pour des relevés géodésiques – sur la plate-forme duquel il a disposé un prisme de flint très pur, qui lui permet d'obtenir un haut degré de dispersion de la lumière en provenance d'une fente de largeur variable située à 8 mètres (voir figure page suivante).

En observant la dispersion de la lumière solaire avec son spectroscope, Fraunhofer découvre 476 raies sombres dans le spectre solaire, et il en mesure soigneusement les positions respectives. Il croit alors pouvoir attribuer ces raies à

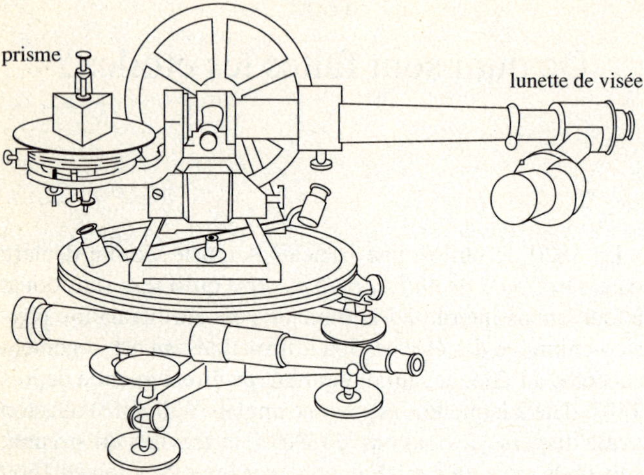

Figure 1

des interférences destructives de la lumière (voir ci-dessus « La lumière est-elle une onde ? », p. 65). En étendant ses recherches à la lumière planétaire et stellaire, il constate que les spectres planétaires sont identiques au spectre solaire, et il en conclut à juste titre que c'est une confirmation du fait que les planètes réfléchissent la lumière solaire. En revanche, le spectre de Sirius possède trois raies noires larges qui « d'après l'apparence n'ont point de ressemblance avec celles de la lumière solaire ». Enfin, Fraunhofer note qu'« on reconnaît également des raies dans le spectre de la lumière d'autres étoiles de première grandeur, mais ces étoiles paraissent, par rapport à ces raies [les raies de Sirius], être différentes entre elles ».

Les conséquences théoriques des découvertes de Fraunhofer sont envisagées en 1834 par le chimiste anglais Henry Fox Talbot, qui suggère que l'on peut peut-être distinguer les substances chimiques par l'examen de leur spectre respectif : « Il pourrait être admis, écrit-il, que lorsque le prisme montre qu'une raie homogène d'une couleur quelconque est produite dans une flamme, cette raie indique la formation ou la présence d'un composé chimique. » Des expériences ultérieures montrent effectivement que des flammes contenant des substances chimiques différentes ont des spectres distincts. Une relation directe semble donc exister entre spectre et composition chimique d'un corps lumineux.

Cette relation est finalement mise en évidence en 1860 par les physiciens allemands Gustav Kirchhoff et Robert Bunsen. Ceux-ci s'intéressent à un couple de raies sombres dans le spectre solaire, qui ont été découvertes par Fraunhofer et baptisées « raies D ». Or les physiciens ont constaté qu'elles coïncident avec la double raie brillante caractéristique du sodium. Bunsen et Kirchhoff décident de vérifier cette identité supposée en plaçant face à la fente d'admission de la lumière solaire une flamme contenant du sodium, persuadés que la double raie brillante du spectre du sodium rendra plus brillantes celles du spectre solaire, en vertu du phénomène d'« addition des lumières ». En fait, c'est le contraire qui se produit : les raies du spectre solaire deviennent plus sombres.

Kirchhoff, d'abord interloqué, suggère ensuite une explication : le sodium de la flamme a absorbé une émission de sodium en provenance du rayonnement solaire, ce qui explique qu'il ait obscurci plus encore les raies D. Si elle se révèle exacte, son hypothèse est révolutionnaire : elle signifie qu'il est possible d'identifier les éléments chimiques à la surface des astres à l'aide des seules techniques spectroscopiques.

Continuant son analyse, Kirchhoff conclut qu'il faut distinguer entre spectre d'émission et spectre d'absorption, et

L'expérience de Bunsen et Kirchhoff

L'expérience décisive de Bunsen et Kirchhoff, dont nous donnons un extrait ci-dessous, a été communiquée à l'Académie des sciences de Berlin, sous le titre de « Notes sur les raies de Fraunhofer » :

« Si l'on fait passer les rayons solaires à travers la flamme de l'alcool salé, dont le spectre se réduit, comme on sait, presque uniquement à une double raie brillante, [...] le spectre que donnent ensuite ces rayons présente les deux raies sombres D beaucoup plus marquées que le spectre ordinaire [...].

Si dans la flamme d'une lampe à gaz de Bunsen on introduit du chlorure de lithium, le spectre de cette flamme présente une raie rouge très brillante correspondant à peu près au milieu de l'intervalle des raies B et C de Fraunhofer. Mais en même temps si l'on fait traverser la flamme par des rayons solaires, on voit apparaître une raie obscure nouvelle, qui occupe exactement la position de la raie brillante dont il s'agit [...].

M. Kirchhoff conclut de ces observations que les raies du spectre solaire qui ne sont pas attribuables à l'action de l'atmosphère terrestre, indiquent la présence dans l'atmosphère du Soleil de corps qui pourraient communiquer à une flamme la propriété de donner des raies brillantes correspondantes. Ainsi la raie D indiquerait l'existence du sodium dans cette atmosphère ; les raies A, a, B feraient conclure à l'existence du potassium, s'il est vrai, comme M. Brewster l'a annoncé, qu'en introduisant du nitre dans une flamme on produise trois raies brillantes correspondant aux raies obscures dont il s'agit ; enfin, l'absence d'une raie correspondant à la raie caractéristique du lithium indiquerait qu'il n'y a pas de quantité sensible de lithium dans l'atmosphère du Soleil. »

que les raies sombres dans le spectre de tous les astres sont dues – comme l'a montré son expérience avec la flamme « salée » – à l'absorption sélective de la lumière par l'atmosphère terrestre. Ces raies et bandes, dites « telluriques », peuvent être identifiées grâce à la connaissance de l'atmosphère terrestre. Elles permettent de rendre compte des raies sombres découvertes par Wollaston et Fraunhofer dans le spectre solaire : celles-ci sont dues à l'absorption, par un élément chimique de notre atmosphère, d'un même élément émis par le Soleil.

Kirchhoff confirme ensuite la validité de son hypothèse en identifiant chacun des éléments constitutifs du Soleil. Il compare à cette fin le spectre solaire avec le spectre d'émission des différents éléments qui existent sur Terre, et il montre que, très probablement, le sodium, le calcium, le baryum, le nickel, le magnésium, le zinc, le cuivre et le fer existent dans l'atmosphère solaire. 463 raies sur 476 sont ainsi identifiées. Les 13 raies non identifiées correspondent à un nouvel élément, l'hélium, qui sera indépendamment découvert, en 1868, par les astronomes Jules Janssen et Joseph Lockyer.

Kirchhoff vient de signer l'acte fondateur de l'astrophysique – l'étude de la constitution physico-chimique des corps célestes – et de révolutionner l'astronomie avec l'aide de l'instrument de Fraunhofer. Quant à la cause physique des raies spectrales, elle sera donnée en 1913 avec le modèle quantique de l'atome, par le physicien danois Niels Bohr (voir ci-dessous « L'atome selon Franck et Hertz », p. 32).

1864
Les microbes contre la génération spontanée

L'idée qu'un organisme peut naître spontanément, sans l'aide d'un agent reproducteur, s'est ancrée dans la pensée biologique occidentale à partir du VIe siècle avant notre ère. Il semble en effet évident, aux yeux des penseurs anciens qui ne disposent pas de méthodes d'observation fine, que les vers sont générés par le fumier et que tous les parasites des jardins naissent spontanément dans les ordures – tout comme il leur paraît clair que le Soleil tourne autour de la Terre.

Il n'y a donc rien de surprenant à ce que les philosophes grecs de l'École ionienne – Thalès de Milet, Anaximandre ou Xénophane – supposent que les organismes se développent dans le limon marin sous l'action conjuguée de la chaleur, du Soleil et de l'air. Leurs théories sont reprises et développées par les penseurs des siècles suivants – Anaxagore, Empédocle, Démocrite – et Aristote les formalise au IVe siècle avant notre ère avec son concept de « génération spontanée ».

Selon lui, les organismes ne se reproduisent pas seulement à partir d'autres organismes, mais aussi en vertu de l'union d'un principe passif, la « matière », et d'un principe actif, la « forme », qui est l'âme des choses vivantes. Or, pour Aristote, les quatre éléments constituant le vivant – la terre, l'eau, l'air et le feu – sont effectivement dotés d'âme. Ils peuvent donc donner naissance aux différents organismes. La génération spontanée est envisagée, dans ce contexte,

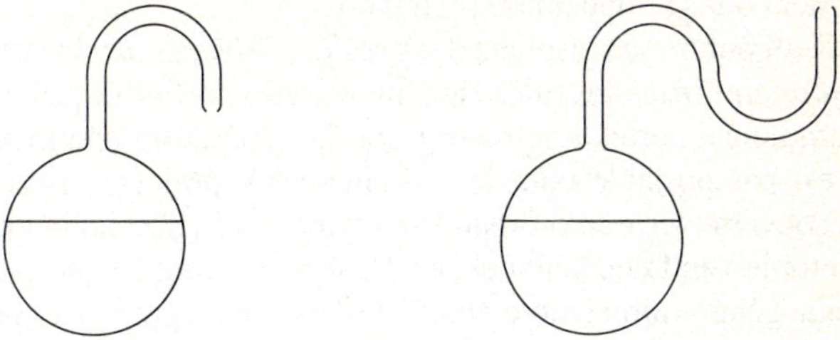

comme le résultat de l'action fécondante du Soleil et de la pluie saturée d'air sur de la matière terreuse (fumier, limon marin), qui peut aller jusqu'à engendrer des organismes complexes comme les crabes, les mollusques ou les anguilles. La prédominance de terre produira essentiellement des plantes et des animaux terrestres ; celle d'eau des animaux aquatiques ; celle d'air des animaux volants.

Au IVe siècle, saint Augustin tente de concilier cette thèse avec le dogme chrétien de la Création, et il explique que puisque Dieu s'est dispensé de l'intermédiaire de la terre et de la vigne dans le miracle de l'eau et du vin, il peut en faire autant pour la génération des organismes vivants. Le grand théologien soutient ensuite que Dieu a conféré leur essence aux êtres vivants lors de la Création, mais qu'il a donné à la nature le pouvoir de les créer *ab initio*. La génération spontanée ne pose donc pas de problème pour le croyant.

Elle en pose, en revanche, et de sérieux, au développement de la biologie, qui reste prisonnière d'un grave préjugé jusqu'en 1668. Le savant italien Francesco Redi démontre alors l'inanité des thèses « générationnistes », en se servant de deux bocaux remplis de viande, l'un hermétiquement couvert de gaze, et l'autre laissé à l'air libre. Il prouve que l'apparition de vers dans les viandes putréfiées provient des œufs qu'y pondent les mouches et non d'une quelconque

« génération spontanée », puisque ces vers apparaissent seulement dans le bocal non recouvert.

Redi publie ses résultats dans ses *Expériences sur la génération des insectes*, mais sa démonstration ne suffit pas. On commence certes à admettre que la génération spontanée n'est pas possible pour les organismes supérieurs, mais la découverte des micro-organismes par le biologiste hollandais Antonie van Leeuwenhoek, en 1674, remet tout en question. Leur génération semble en effet réellement spontanée, tant leur prolifération est rapide dans les produits en fermentation ou en décomposition.

Les biologistes Louis Joblot et Lazzaro Spallanzani ont beau démontrer, en 1718 et 1765 respectivement, que les micro-organismes ne prolifèrent pas dans des milieux convenablement stérilisés et hermétiquement fermés, mais qu'ils proviennent de l'air ambiant, ils ne réussissent pas à convaincre leurs contemporains, et des personnalités aussi prestigieuses que Buffon et Lamarck continuent d'accorder leur crédit aux thèses générationnistes.

Les tentatives de vérification se multiplient au cours du XIXe siècle, mais elles restent contradictoires en raison de carences expérimentales diverses. Plus grave, le dogme reprend de la vigueur avec la publication d'une importante défense de la génération spontanée de la part du biologiste français François Pouchet. Son *Hétérogénie ou traité de la génération spontanée*, publié en 1859, fait forte impression en France, et c'est en réaction à cet ouvrage que Louis Pasteur se lance dans la série d'expériences qui vont mettre un terme au mythe du générationnisme.

La plus célèbre d'entre elles est l'expérience du ballon au col de cygne. Dans un ballon dont l'extrémité est courbée en S (en « col de cygne »), Pasteur porte de l'eau à ébullition. La vapeur d'eau chasse alors l'air du ballon à l'extérieur, tandis que le liquide est stérilisé. A l'arrêt de l'ébullition, l'air est empêché de revenir dans le ballon grâce à la forme

Aristote et la génération spontanée

« On retrouve en tout cas chez les animaux un point commun avec les végétaux : ceux-ci tantôt proviennent d'une semence fournie par d'autres plantes, tantôt naissent spontanément, par la formation d'un principe qui joue le rôle de semence. […] De même aussi, parmi les animaux, les uns naissent d'animaux et présentent avec eux une parenté de forme, les autres ont une génération spontanée et ne viennent pas de parents semblables à eux-mêmes : il y en a qui naissent de terre en putréfaction ou de végétaux, comme c'est le cas pour beaucoup d'insectes, d'autres naissent à l'intérieur même des animaux à partir des déchets qui se forment dans les organes ». *Histoire des animaux*, V, 1.

« Ainsi donc, comme nous l'avons dit, la plupart des poissons naissent d'œufs. Il en est cependant qui naissent de la vase et du sable, et cela dans des genres qui se reproduisent par un accouplement et des œufs ; c'est le cas, entre autres, dans des marécages comme il y en avait, dit-on, jadis, aux environs de Cnide : ce marais se desséchait au moment de la canicule, et la vase devenait entièrement sèche ; de l'eau commençait à revenir avec les pluies, et des petits poissons se formaient dès que l'eau apparaissait. Il s'agissait d'une variété de mulets, qui ailleurs non plus ne se reproduit pas par accouplement et dont la taille est celle des petites mendoles. […] Certains prétendent même qu'absolument tous les mulets naissent de cette façon, mais ils ont tort : car il est manifeste que les femelles de ces poissons ont des œufs et les mâles de la laite. Mais il existe une variété de mulets qui présente cette particularité de naître de la vase et du sable ». *Histoire des animaux*, VI, 15.

en S de son col. En revanche, dès que le col est brisé, l'air rentre en contact avec le liquide, et une vie microscopique apparaît immédiatement et se développe rapidement.

Les ballons de l'expérience de Pasteur se trouvent aujourd'hui à l'institut Pasteur, à Paris, et, comme le note son biographe René Dubos, « le liquide est tout aussi limpide qu'il l'était le jour où il fut initialement stérilisé ». De cette eau,

Pasteur dira en 1864 : « J'ai éloigné d'elle et j'éloigne encore en ce moment la seule chose qu'il n'ait pas été donné à l'homme de produire, j'ai éloigné d'elle les germes qui flottent dans l'air, j'ai éloigné d'elle la vie, car la vie, c'est le germe, et le germe, c'est la vie. Jamais la doctrine de la génération spontanée ne se relèvera du coup mortel que cette simple expérience lui porte. »

Mais le résultat de Pasteur, pour concluant qu'il soit, laisse en suspens une question fondamentale : celle de l'origine de la vie sur Terre. Comment la vie a-t-elle pu naître sur notre planète, sinon par une réorganisation de matière inorganique en matière organique, puis biologique ? Le conflit est résolu avec la thèse du biochimiste russe Alexandre Oparine, généralement admise par la communauté scientifique et selon laquelle l'apparition de tissus vivants a été précédée par une longue et graduelle évolution de composés azotés et carbonés.

L'émergence de la vie est donc un processus chimique complexe, nécessitant des millions d'années pour s'accomplir. « Quelque minuscule que soit la taille d'un microbe, écrira Oparine en 1938, s'il s'agit d'un organisme vivant, il doit être doté d'une organisation précise et complexe qui lui permet d'accomplir un certain nombre de fonctions vitales. La génération spontanée de tels organismes à partir de molécules dispersées au hasard est une solution par principe tout aussi impossible que la génération [spontanée] de structures caractéristiques des organismes bactériens. Nous devons donc rejeter catégoriquement la possibilité d'une autogénération des organismes vivants. »

1869-1913

Moseley et le tableau de Mendeleïev

Les premières tentatives de classification des éléments ont lieu lorsque l'Anglais John Dalton, le fondateur de la théorie atomique moderne, prédit la possibilité de déterminer la masse relative des atomes. Les chimistes pensent alors qu'en calculant et en comparant les masses atomiques des éléments, ils pourront les ordonner et mettre en évidence leurs relations réciproques.

Mais les techniques de détermination des masses atomiques sont loin d'être au point et le nombre d'éléments connus insuffisant pour révéler des relations. Cela ne décourage toutefois pas les classificateurs. Johann Döbereiner développe ainsi, en 1816, l'idée des « triades » qui consiste à ordonner les éléments trois par trois lorsque leurs masses atomiques sont dans un rapport de moyenne arithmétique. Döbereiner obtient par exemple la triade calcium-strontium-baryum (trois éléments appartenant effectivement à la même famille chimique), en montrant que la masse atomique du calcium est 27,5, celle du baryum 72,5, et celle du strontium 50, soit la moyenne arithmétique des deux autres.

Ce type de relation numérique est critiqué par le grand chimiste Jön Jacob Berzelius qui juge avec raison que les mesures de masses atomiques sont trop peu fiables pour qu'on se lance dans des spéculations intempestives. Cela n'empêche pas le développement d'autres systèmes de classification numérique, basés pour la plupart sur le principe de la triade.

Vers 1850, les chimistes ont identifié quelque 20 triades et montré qu'il existait une certaine harmonie dans la répartition des éléments. Mais le fait que leurs efforts aient eu un degré de réussite quelconque est dû à la reconnaissance de relations empiriques entre les éléments et à l'obtention fortuite de masses atomiques correctes.

Il faut attendre 1860 pour que l'on obtienne des déterminations fiables de masses atomiques, grâce aux travaux du chimiste italien Stanislao Cannizzaro. A cette date, le développement de l'électrochimie et de la spectroscopie a entraîné la découverte de nombreux éléments nouveaux : on en connaît désormais plus de 60, contre 33 à la fin du XVIIIe siècle. Il devient dès lors plus facile de mettre en évidence d'éventuelles relations.

Le premier à découvrir qu'il existe une périodicité – c'est-à-dire une récurrence – dans les propriétés des éléments est le chimiste anglais Alexander Newlands, en 1864. A l'aide des mesures obtenues par Cannizzaro, il ordonne les éléments par masse atomique croissante, et il énonce sa « loi des octaves » selon laquelle les éléments ont une périodicité de sept en sept – par analogie avec les sept intervalles de l'octave sur l'échelle musicale. Ainsi, le lithium (n° 2 sur la table de Newlands), le sodium (n° 9) et le potassium (n° 16) sont les représentants d'une même famille chimique : celui des métaux alcalins. Newlands a ainsi franchi un pas décisif vers la découverte de la loi de périodicité, mais son approche est jugée arbitraire et fantaisiste et elle est rejetée en 1866 par la Chemical Society anglaise.

En 1868, les recherches du chimiste allemand Lothar Meyer le conduisent à découvrir indépendamment la loi de périodicité, mais celle-ci est finalement énoncée par le chimiste russe Dmitri Mendeleïev, en 1869. Celui-ci a observé la récurrence périodique des propriétés des éléments lorsqu'ils sont ordonnés par masse atomique croissante et il en tire la loi selon laquelle « les propriétés des corps simples,

ОПЫТЪ СИСТЕМЫ ЭЛЕМЕНТОВЪ,

ОСНОВАННОЙ НА ИХЪ АТОМНОМЪ ВѢСѢ И ХИМИЧЕСКОМЪ СХОДСТВѢ.

			Ti=50	Zr=90	?=180.
			V=51	Nb=94	Ta=182.
			Cr=52	Mo=96	W=186.
			Mn=55	Rh=104,4	Pt=197,4.
			Fe=56	Ru=104,4	Ir=198
			Ni=Co=59	Pl=106,6	Os=199.
H=1			Cu=63,4	Ag=108	Hg=200
	Be=9,4	Mg=24	Zn=65,2	Cd=112	
	B=11	Al=27,4	?=68	Ur=116	Au=197?
	C=12	Si=28	?=70	Sn=118	
	N=14	P=31	As=75	Sb=122	Bi=210?
	O=16	S=32	Se=79,4	Te=128?	
	F=19	Cl=35,5	Br=80	I=127	
Li=7	Na=23	K=39	Rb=85,4	Cs=133	Tl=204
		Ca=40	Sr=87,6	Ba=137	Pb=207.
		?=45	Ce=92		
		?Er=56	La=94		
		?Yi=60	Di=95		
		?In=75,6	Th=118?		

Le tableau périodique de Mendeleïev lors de sa première publication

comme les formes et les propriétés des combinaisons, sont une fonction périodique de la grandeur de la masse atomique ».

Loin de penser qu'il s'agit d'une simple curiosité, Mendeleïev est persuadé qu'il a trouvé une véritable clef pour la chimie. Il dresse une « table périodique » des 63 éléments connus alors, ordonnés par masse atomique croissante, et il l'utilise pour corriger des jugements chimiques erronés et pour prédire l'existence de nouveaux éléments.

Il montre ainsi que certaines masses atomiques sont inexactes, car les éléments auxquels elles correspondent ne trouvent pas leur place sur sa table, et il situe par exemple l'or (dont la masse atomique est donnée à 196,2) après l'osmium (198,6), l'iridium (196,7) et le platine (196,7). Il remet aussi à leur juste place l'indium, le béryllium et l'uranium. Les déterminations ultérieures des masses atomiques de tous ces éléments lui donneront raison.

Mendeleïev laisse par ailleurs des cases vides pour des éléments encore non découverts, mais dont il décrit les propriétés en détail à partir de ceux des éléments voisins : masse atomique, densité, point de fusion, valence, etc. En 1871, il énonce que l'élément inconnu qui doit logiquement trouver sa place sur la table après le calcium est chimiquement proche du bore, et il l'appelle eka bore ; de même, deux autres éléments inconnus, l'eka aluminium et l'eka silicium, doivent prendre place entre le zinc et l'arsenic.

Les prédictions de Mendeleïev se révèlent exactes lorsque Paul-Émile Lecoq de Boisbaudran découvre le gallium (l'eka aluminium) en 1875 ; Lars Fredrick Nilson le scandium (l'eka bore) en 1879 ; et Clemens Winkler le germanium (l'eka silicium) en 1866. Les propriétés de ces trois éléments s'avèrent remarquablement proches de celles prédites par Mendeleïev. La classification périodique est ainsi confirmée de manière éclatante, mais il manque une théorie explicative que les chimistes vont s'efforcer de trouver au cours des décennies suivantes et qui, lorsqu'elle viendra en 1913, bouleversera la table de Mendeleïev elle-même.

Lorsque le chimiste russe avait établi sa table périodique des éléments, il avait en effet été obligé d'admettre que celle-ci avait été « développée indépendamment de toute considération quant à la nature des éléments ». Mendeleïev avait simplement ordonné les éléments par masse atomique croissante et il avait alors découvert des relations périodiques entre eux.

Sa classification est donc parfaitement empirique et, tant qu'elle ne sera pas expliquée par la chimie, restera fondée sur des bases fragiles et incertaines. Or, techniquement, une telle démonstration était impossible à réaliser à l'époque, en raison de l'insuffisance du matériel expérimental. Il en allait de même théoriquement, car l'on ignorait encore tout de la structure de l'atome, et c'est la physique atomique qui détient la clé du problème.

En 1911, Ernest Rutherford, qui vient de découvrir le noyau atomique, émet l'hypothèse selon laquelle la somme des charges positives du noyau atomique de l'or et de quelques autres éléments est à peu près égale à la moitié de leur masse atomique A. Mais, en 1913, le physicien hollandais Johannes van den Broek rejette cette conclusion. Il suggère que la charge des éléments doit être égale à leur numéro atomique Z (leur numéro d'ordre dans la table de Mendeleïev) et non à la moitié de leur masse atomique.

L'hypothèse de van den Broek est testée la même année par l'un des étudiants de Rutherford à Cambridge, l'Australien Henry Moseley. Celui-ci choisit d'aborder la question en comparant le spectre X de divers éléments. Pourquoi une telle approche ? Tout simplement parce que l'on sait que sous l'effet de certaines excitations les atomes émettent des rayons X. Or Moseley considère qu'« il y a tout lieu de penser que le nombre entier qui contrôle le spectre X des éléments est le même que le nombre de charges dans le noyau ». L'expérience peut ainsi permettre de trancher entre l'hypothèse de Rutherford et celle de van den Broek.

Le dispositif expérimental de Moseley est à la fois « ingénieux et charmant », selon l'expression de l'historien de la physique Abraham Pais. Un petit train, dont chaque wagon porte un élément-cible différent, se déplace le long d'un tube à vide long d'un mètre. Chaque cible est bombardée par des rayons cathodiques et génère alors des rayons X incidents qui tombent en faisceau sur un prisme et sont ensuite dispersés. Moseley obtient alors un spectre X qui peut être photographié. L'angle de réflexion des rayons X donne leur longueur d'onde, avec une précision de l'ordre de 1 pour 1 000.

Moseley expérimente ce procédé sur trente-huit éléments, de l'aluminium à l'or. Il constate alors que chaque élément émet des rayons X de longueur d'onde caractéristique, plus courte lorsque l'élément est plus lourd. Cette variation de longueur d'onde est régulière – sa racine carrée est une fonction linéaire des numéros d'ordre des éléments dans la table de Mendeleïev – et elle correspond à une augmentation de charge dans le noyau. La valeur de la charge augmente d'*une unité* lorsque l'on monte d'un élément dans la table périodique : on a une unité de charge pour l'hydrogène, deux pour l'hélium, trois pour le lithium, etc., jusqu'à quatre-vingt-douze pour l'uranium, le plus lourd de tous les éléments naturels.

Moseley montre ainsi que les éléments s'ordonnent en fonction de leur numéro atomique Z – qui est donc bien plus qu'un simple numéro d'ordre dans la table périodique – et non en fonction de leur masse atomique A, comme on le croyait depuis Dalton. Cette découverte permet au jeune savant de résoudre certaines incohérences de la table de Mendeleïev et d'intervertir par exemple l'argon (Z = 18) et le potassium (Z = 19), alors que leur masse atomique (A = 39,948 pour l'argon ; A = 39,102 pour le potassium) aurait exigé qu'on les place dans l'ordre inverse. *Idem* pour les positions du cobalt et du nickel, et pour celles du tellure et de l'iode.

Les lanthanides (ou terres rares), qui sont des éléments extraordinairement difficiles à isoler chimiquement, sont un épouvantable casse-tête pour les chimistes de l'époque. Mendeleïev a dû lui-même admettre qu'il s'agissait de l'un des plus difficiles problèmes auquel était confrontée sa classification périodique et qu'il lui était impossible de trouver

La périodicité des propriétés chimiques expliquée par la physique atomique

Ce texte de Louis Leprince-Ringuet et d'André Astier explique clairement pourquoi la périodicité des propriétés chimiques des éléments dépend de la structure électronique de leurs atomes.

« Les électrons, dont le nombre augmente quand on monte dans la liste des éléments, s'organisent par couches successives. Ainsi, la première couche comporte au plus deux électrons : pour l'hydrogène, il n'y en a qu'un ; la première couche n'est donc pas saturée, d'où l'activité chimique de l'hydrogène ; mais, pour l'hélium, il y a deux électrons et la première couche est saturée, ce qui explique le caractère inactif de ce gaz et des autres gaz rares, qui correspondront tous à des couches successives saturées. Si, à partir de cette première couche, on continue à introduire des électrons, le premier élément que l'on trouve est le lithium, dont le numéro atomique est 3, sa première couche saturée contient deux électrons et le troisième va constituer le début de la couche suivante : le lithium sera donc un peu comme l'hydrogène du point de vue chimique, puisqu'il a un électron libre, mais il contient une couche saturée que l'hydrogène ne connaît pas. Du point de vue de ses appétits chimiques, c'est l'électron extérieur qui joue un rôle, et cet élément présentera des caractères analogues à ceux de l'hydrogène : ce sera un alcalin. […]

On conçoit très bien que lorsqu'un atome possède des couches saturées, il n'a pas envie de s'associer à d'autres atomes, et l'on doit aboutir à un gaz inerte. Au contraire, lorsqu'un atome possède, au-delà d'une couche saturée, un électron supplémentaire, il aura nécessairement un appétit chimique considérable et appartiendra à la famille des alcalins. On retrouve grâce aux couches les caractères de périodicités chimiques qui avaient été remarquées d'un point de vue purement expérimental et traduites dans la table périodique. »

une place pour ces éléments dans sa table. La technique de Moseley, en donnant immédiatement la charge de chacun des lanthanides, permet de déterminer très précisément leur nombre (quinze) et leur position sur la table périodique (de Z = 57 à Z = 71). Enfin, sept éléments manquants sur la table de Moseley sont découverts entre 1917 et 1945, confirmant la remarquable exactitude de l'ordonnancement du savant australien (le protactinium, Z = 91, en 1917 ; le hafnium, Z = 72, en 1923 ; le rhénium, Z = 75, en 1925 ; le technétium, Z = 43, en 1937 ; le francium, Z = 87, en 1939 ; l'astate, Z = 85, en 1940 ; et le prométhéum, Z = 61, en 1945).

La découverte de Moseley est remarquable, à la fois parce qu'elle réorganise la table de Mendeleïev sur des bases solides et parce que « la belle régularité » de son résultat (pour reprendre une expression de Pais) ne peut pas être le fruit du hasard, mais doit se baser sur un principe fondamental de physique atomique, qui peut sans doute permettre d'expliquer la périodicité des propriétés chimiques des éléments.

C'est ce que va montrer le physicien danois Niels Bohr avec son modèle quantique de l'atome (voir ci-dessous, « L'atome selon Franck et Hertz », p. 132). Rappelons tout d'abord que la structure « planétaire » de l'atome, avec électrons chargés d'électricité négative orbitant autour d'un noyau électropositif, est connue depuis 1911. Et puisque l'on sait que les atomes de tous les éléments ont des charges électriques positives et négatives équilibrées, le numéro atomique Z donne à la fois le nombre de particules chargées positivement dans le noyau et le nombre d'électrons en orbite autour de lui.

Bohr va montrer, en 1913, que les électrons s'organisent par couches successives autour du noyau et que les éléments qui ont le même nombre d'électrons dans leur couche externe ont des propriétés chimiques semblables. Au fur et à mesure que l'on passe d'un numéro atomique à l'autre et que les couches successives se remplissent, on retrouve périodiquement des éléments chimiquement analogues. La périodicité des propriétés chimiques des éléments est donc un phénomène entièrement contrôlé par la structure électronique de l'atome.

1887

Michelson, la lumière et l'« éther »

L'expérience d'Albert Michelson et d'Edward Morley, qui allait permettre de démontrer l'invariance de la vitesse de la lumière, avait initialement pour objet de mettre en évidence l'existence de l'éther. Fluide impondérable et élastique, dans lequel étaient censées se propager les ondes, l'éther avait été inventé par René Descartes au XVIIe siècle et remis à l'honneur au début du XIXe siècle, par le physicien français Augustin Fresnel, l'un des principaux tenants de la théorie ondulatoire de la lumière.

Cet éther avait des propriétés quasi magiques. En premier lieu, il devait être extraordinairement rigide pour propager une onde à la vitesse de la lumière. Mais il devait aussi être suffisamment ténu pour permettre le déplacement de corps solides comme les planètes. Tout aussi important, l'éther était un référentiel absolu par rapport auquel le mouvement des corps tels que la Terre devait pouvoir être mesuré. C'est pour vérifier cette hypothèse qu'Albert Michelson mit au point une première expérience, en 1881.

Michelson cherchait à mettre en évidence le mouvement de la Terre dans l'éther immobile, mouvement qui devait créer un « vent d'éther » observable. Le physicien voulait mesurer le rapport v/c (v = vitesse de déplacement de la Terre dans l'éther, c = vitesse de la lumière). Or, ce rapport est, théoriquement, de 1 à 100 millions. Seul un appareil d'une extraordinaire sensibilité pouvait le mettre en évidence, et c'est cet appareil, l'interféromètre, que Michelson fabriqua en 1881 (figure 1).

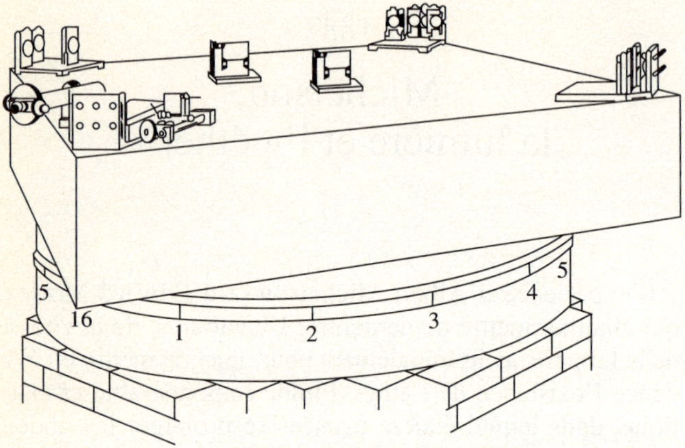

Figure 1

Interféromètre de Michelson

Une première expérience visant à mettre en évidence le vent d'éther eut lieu la même année à Potsdam, mais elle se révéla infructueuse. La suivante, qui se déroula en 1887 à Cleveland, reste l'une des plus célèbres de toute l'histoire de la science. Elle prit le nom d'expérience Michelson-Morley, car Michelson était alors assisté d'un autre physicien américain, Edward Morley.

Pour les besoins de son expérience, Michelson entreprit de dédoubler la lumière blanche, mais en prenant soin que l'un des faisceaux dédoublés soit orienté dans la direction du déplacement de la Terre, tandis que l'autre, qui parcourait rigoureusement la même distance, était situé perpendiculairement à ce même déplacement. Les deux faisceaux, qui passaient par un jeu de miroirs, se réunissaient finalement en un point d'observation où ils produisaient des franges d'interférences (figure 2).

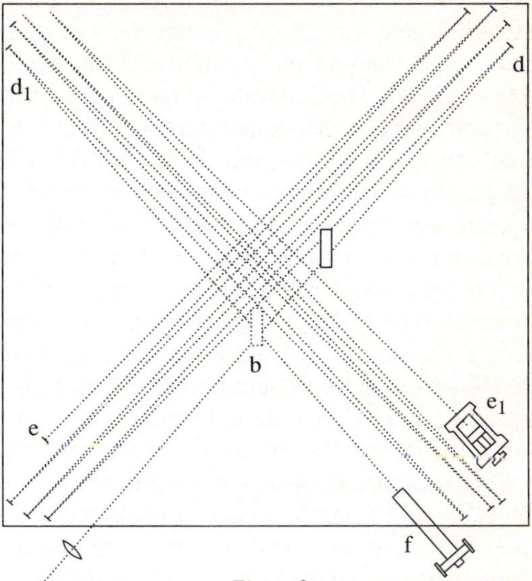

Figure 2

Schéma de la trajectoire des faisceaux lumineux

L'expérience de Michelson-Morley

La lumière venant de *a* est divisée en deux faisceaux cohérents au niveau de la lame semi-réfléchissante *b*, qui est inclinée à 45° par rapport à la direction de propagation des rayons lumineux incidents.

Les faisceaux sont réfléchis de très nombreuses fois par deux systèmes de miroirs *d-e* et *d1-e1*. A leur retour en *b*, une partie de la lumière de *e-d* et de *e1-d1* est réfléchie vers le télescope *f*, où elle produit des franges d'interférences.

Dans l'expérience de Michelson-Morley, l'interféromètre fut mis en rotation régulière dans un bain de mercure, de façon à révéler le déplacement des franges d'interférences.

Un déplacement de la Terre par rapport à l'éther aurait dû créer une légère « différence de marche » entre les deux faisceaux, et se traduire par un déplacement des franges d'interférences, car l'interféromètre était mis en rotation à 90° de façon à repérer ce déplacement. Or, rien de tel ne se produisit. Au grand étonnement de Michelson et Morley, aucun déplacement de franges d'interférences ne fut observé.

Cet échec allait pousser le physicien irlandais George Fitzgerald, en 1889, puis le physicien hollandais Hendrik Lorentz, en 1892, à tenter de « sauver » l'éther, en imaginant une contraction de la longueur du bras de l'interféromètre dans le sens du mouvement. Selon Fitzgerald et Lorentz, le bras de l'interféromètre se serait contracté, par un facteur qui dépendait de la vitesse de la lumière relative à l'éther, d'une quantité juste suffisante pour annuler la différence de temps d'arrivée entre les deux rayons lumineux. L'explication physique que Lorentz donna au phénomène était que les forces interatomiques dans la matière étaient de nature électrique et subissaient une contraction du fait de leur mouvement à travers un éther électromagnétique.

Lorentz allait donner une expression mathématique à cette hypothèse – que rien ne justifiait en électrodynamique – en développant, en 1904, une série d'équations, dites aujourd'hui « transformations de Lorentz », qui modifiaient les formules de transformation de Galilée jusque-là admises par la cinématique classique, pour rendre compte du comportement de deux référentiels en mouvement rectiligne uniforme l'un par rapport à l'autre.

L'importance de ces équations était de reconnaître que l'espace et le temps ne sont pas mesurés par le même nombre lorsque le système est immobile ou lorsqu'il est animé d'un mouvement de translation. Un corps semble se contracter de plus en plus à mesure qu'il approche de la vitesse de la lumière (« contraction de Lorentz »), tandis que le temps semble se dilater. La communauté scientifique

– à l'exception notable du physicien Joseph Larmor qui les réinventa – vit toutefois dans les équations de Lorentz un artifice de calcul visant à justifier le résultat de l'expérience de Michelson-Morley, et ne les accepta pas.

Ce ne fut pas le cas d'Einstein qui fit dériver les formules de transformation de Lorentz des postulats d'une nouvelle cinématique, la relativité restreinte, en 1905. Einstein posait comme postulats que les lois de la physique sont les mêmes dans deux référentiels en mouvement rectiligne uniforme l'un par rapport à l'autre ; et, rompant avec le principe d'addition des vitesses communément admis par la mécanique classique, que la vitesse de la lumière joue le rôle d'une vitesse limite qui ne peut être atteinte par aucun corps réel, encore moins dépassée.

L'invariance de la vitesse de la lumière découle du premier postulat de la relativité restreinte : si les lois de la physique sont les mêmes dans deux référentiels en mouvement rectiligne uniforme l'un par rapport à l'autre, alors la mesure de la vitesse de la lumière est constante pour tous les observateurs, quel que soit le mouvement de l'observateur ou celui de la source lumineuse. Il en découle l'impossibilité de vitesses superluminiques, ce qui explique le résultat négatif de l'expérience de Michelson-Morley. Et puisque le déplacement de la Terre ne produit aucun vent d'éther, on est contraint à abandonner le concept même d'éther.

Cet abandon oblige en retour à rejeter le principe d'un référentiel absolu par rapport auquel la lumière se déplacerait. La théorie de la relativité restreinte d'Einstein postule en conséquence, comme l'avaient déjà compris Galilée et Newton, que rien dans l'univers ne peut se trouver en repos absolu ou en déplacement absolu. Puisqu'il n'existe plus de référentiel absolu, toutes les valeurs – espace, temps, masse – sont relatives à l'état de mouvement de l'observateur. Le comportement de règles et d'horloges en déplacement rectiligne uniforme s'en trouve ainsi radicalement affecté (hypothèses de la contraction des longueurs et de la dilatation du temps). Cette nouvelle cinématique provoque donc des effets déroutants et, comme le souligne le biographe d'Einstein, Abraham Pais, la relativité restreinte est un excellent exemple « de la manière dont la physique va au-delà de l'intuition ordinaire ».

Précisons enfin que l'expérience de Michelson-Morley fut répétée à plusieurs reprises après 1887, en particulier par C. H. Joos, en 1930, qui utilisait un interféromètre fabriqué par la firme Zeiss de Iéna, et par Charles Townes, en 1958, qui disposait de techniques interférométriques laser très sensibles. Elle donna à chaque fois un résultat négatif, confirmant ainsi le postulat fondamental de la relativité restreinte : l'invariance de la vitesse de la lumière. A une seule occasion, un résultat positif fut obtenu : par le physicien Dayton Miller, à l'observatoire du mont Wilson, en 1921. Mais on put bientôt démontrer que des différences de température dans son appareillage expérimental avaient donné ce résultat positif. La réaction d'Einstein à l'annonce du résultat de Miller fut d'ailleurs caractéristique : « Dieu est subtil, déclara-t-il, mais Il n'est pas malveillant… »

1909-1911

Au cœur du noyau

La découverte du noyau atomique est, à juste titre, considérée comme le plus importante découverte du grand physicien néo-zélandais Ernest Rutherford. Celui-ci réalisa en effet une expérience qui allait non seulement permettre de comprendre à quoi ressemble l'atome, mais qui allait avoir des conséquences incalculables pour la physique, en bouleversant nos conceptions de la matière.

Tout commence par un problème qui trouble Rutherford. Il expérimente depuis 1906 avec des particules alpha produites par des substances naturellement radioactives, comme le radium. Les particules alpha sont obtenues lors de la désintégration naturelle de ces substances, selon un processus (la radioactivité alpha) qui sera expliqué en 1928. Rutherford cherche alors à comprendre la nature de ces particules extrêmement énergétiques et se déplaçant à des vitesses très élevées. En 1908, à la suite d'expériences menées avec son collègue Hans Geiger, Rutherford parvient à conclure que la particule alpha est un atome d'hélium porteur d'une double charge positive (on dirait aujourd'hui qu'il s'agit d'un noyau d'atome d'hélium, dépouillé de sa paire d'électrons).

Rutherford veut à présent utiliser ces particules hautement énergétiques pour sonder les atomes. Il est en effet le premier à avoir suggéré que l'intérieur des atomes devait être le siège de forces électriques très importantes, et à réaliser que des particules extrêmement énergétiques seraient nécessaires pour sonder la structure de l'atome. Les particules alpha, énergétiques et véloces, sont à ses yeux d'excellents candidats-sondes.

Mais un problème se pose immédiatement lorsque Rutherford entreprend ses expériences de bombardement de la matière avec des particules alpha, en 1908. Il constate en effet une dispersion des particules, qui dévient lorsqu'elles passent à travers la matière. Rutherford est irrité par ce phénomène, qui interfère avec son travail expérimental, aussi décide-t-il d'étudier la dispersion des particules alpha, « gardant en mémoire, écrit son biographe David Wilson, le fait que les particules alpha, bien qu'incroyablement petites, se déplaçaient plus vite qu'une balle de fusil ou qu'une étoile filante. Les particules alpha avaient une vélocité qui était une fraction appréciable de celle de la lumière et possédaient, pour leur taille, une énergie colossale, si bien que personne ne pouvait imaginer quel cataclysme au sein de l'atome les avait dispersées ainsi ».

Rutherford veut voir si les particules peuvent être déviées à des angles importants et il confie à un jeune étudiant de son laboratoire de Cambridge, Ernest Marsden, la tâche d'étudier la dispersion des particules alpha. Le dispositif expérimental de Marsden consiste en un morceau de radium émettant un faisceau de particules alpha, une feuille d'or, épaisse de 0,00006 cm, qui sert de cible, et des écrans en sulfure de zinc qui produisent des scintillations lorsque les particules alpha les frappent.

Le résultat obtenu par Marsden est surprenant. L'essentiel du faisceau de particules alpha passe directement à travers la feuille d'or, en étant très légèrement dévié, mais un certain nombre de particules alpha rebondissent sur la feuille à un angle de 90° et plus (figure 1). Rutherford est lui-même totalement déconcerté par ce résultat, qu'il décrira ainsi : « C'était comme si l'on avait tiré un boulet de canon sur une feuille de papier et qu'il vous était revenu directement à la figure. » Dans un article paru en 1909, Marsden et

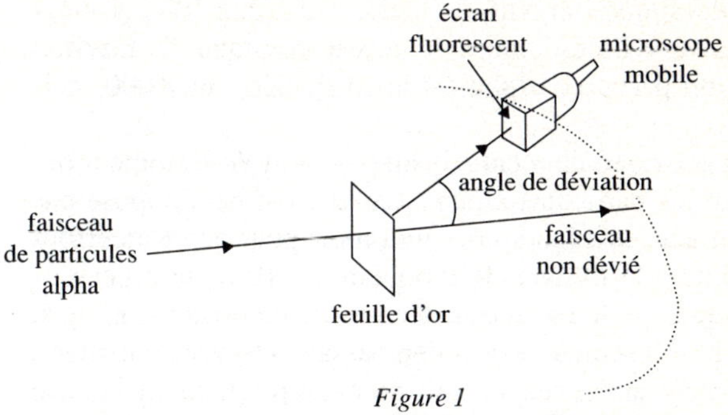

Figure 1

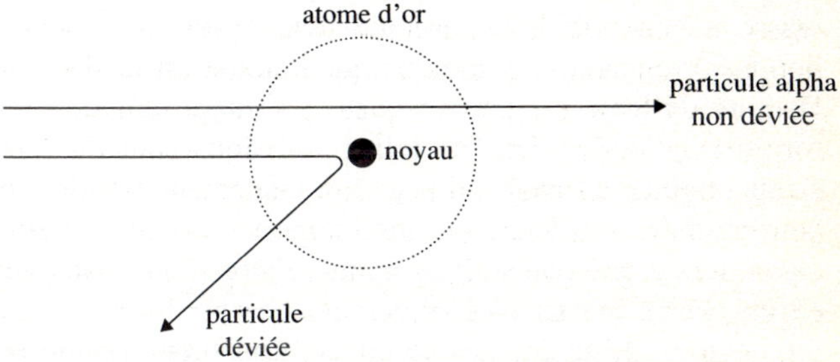

Figure 2

Expérience de Rutherford, Geiger et Marsden

Geiger diront à peu près la même chose : « Une petite fraction de particules alpha tombant sur une plaque métallique voient leur direction changer à un degré tel qu'elles réémergent au point d'incidence... »

Lorsque des feuilles d'autres métaux que l'or sont utilisées, le nombre de particules déviées augmente à peu près de la même manière que la masse atomique de ces métaux. Ainsi le plomb, de masse atomique 207, et l'or, de masse atomique 197, réfléchissent environ deux fois plus de particules alpha que l'argent, de masse atomique 108 ; et vingt fois plus que l'aluminium, de masse atomique 27. Environ une seule particule alpha est ainsi déviée, sur 8 000 incidentes.

Quel est donc ce « cataclysme au sein de l'atome » qui disperse les particules alpha ? La solution ne s'impose pas d'elle-même et il faudra dix-huit mois pour que Rutherford parvienne à la trouver. Il évoquera, en 1923, le processus intellectuel qui le mena à sa découverte du noyau atomique, en 1911 : « Il semble clair qu'en passant à travers la matière, la particule alpha rencontrait un champ tellement intense dans l'atome qu'elle était détournée de son chemin du fait de sa collision avec un seul atome. Quand l'on considère la masse et l'énergie de la particule alpha, c'est une observation très étonnante, qui indique que l'atome est le siège de champs déflecteurs gigantesques. En supposant que les forces impliquées dans de telles collisions sont du type électrostatique ordinaire, il peut être facilement calculé que pour produire une déflection aussi importante de la particule alpha, lors d'une collision atomique, l'atome doit consister en un centre massif électriquement chargé de très petite dimension. De là est née la conception bien connue de l'atome nucléaire, où l'atome consiste en un minuscule noyau électropositif, entouré à une distance relativement grande par des électrons égaux en nombre aux unités de charge positive du noyau. »

L'image de l'atome qui émerge des travaux de Rutherford, Geiger et Marsden est saisissante. On peut la décrire par une analogie. Si l'on pouvait multiplier par un milliard les dimensions de la feuille d'or, nous la verrions comme une immense pile d'atomes d'environ 30 cm de diamètre, chaque atome étant un peu plus grand qu'un ballon de basket. L'essentiel de la masse de chaque atome serait toutefois concentrée dans un noyau d'un diamètre cent mille fois plus petit, de moins de 0,003 cm, c'est-à-dire pareil à un très petit grain de sable. Ce noyau serait entouré d'électrons se déplaçant très rapidement autour de lui. L'expérience de Rutherford avait consisté à tirer en direction des atomes une salve de grains de sable (les particules alpha). Chacun d'entre eux continuait en ligne droite, à moins qu'il n'entre en collision avec l'un des grains de sable représentant le noyau de l'atome (Figure 2).

Pour le biographe de Rutherford, cette nouvelle image de l'atome, où presque toute la masse est concentrée dans un minuscule noyau central, est révolutionnaire, car elle signifie que notre univers est vide. « La matière solide, les tables, les chaises, les pierres et nous-mêmes sommes essentiellement constitués de rien, écrira David Wilson. L'unité de base de la matière, l'atome, consiste en quelques particules orbitant dans ce qui est, à l'échelle des particules, une immensité spatiale… »

1912

Cristaux et rayons X

La découverte de la structure des cristaux est intimement liée aux recherches sur la nature des rayons X. Une importante controverse s'était en effet développée à la suite de leur découverte par Wilhelm Röntgen, en 1895 : il n'était pas immédiatement évident qu'il s'agissait d'ondes électromagnétiques, car il était très difficile d'observer leur caractère ondulatoire.

La thèse de l'onde électromagnétique avait cependant gagné du terrain vers 1911, lorsque le physicien anglais Charles Barkla avait pu démontrer que les rayons X étaient dispersés par des particules en suspension, tout comme la lumière est dispersée dans un gaz contenant des poussières. Ces expériences avaient convaincu le physicien allemand Max von Laue que les rayons X étaient des ondes électromagnétiques de longueur d'ondes très courte ; si courte, en vérité, qu'il serait très difficile de démontrer leur nature ondulatoire par les expériences usuelles d'interférences et de diffraction.

Von Laue avait eu alors l'idée ingénieuse d'utiliser les cristaux comme *réseaux de diffraction.* On savait en effet, depuis les travaux du physicien français Auguste Bravais (1849), que les atomes sont arrangés symétriquement dans un cristal. Il les estimait distants les uns des autres d'environ 1/100 000 000e de cm, soit approximativement la longueur d'onde supposée des rayons X. Les cristaux étaient donc, aux yeux de von Laue, bien adaptés à l'étude des propriétés ondulatoires des rayons X.

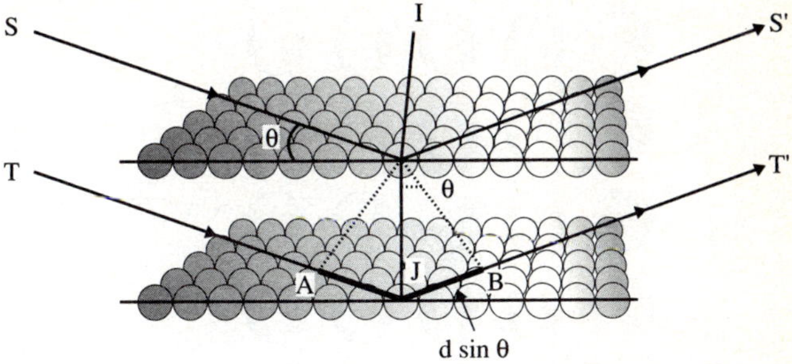

Figure 1

L'expérience qui confirma la théorie de von Laue fut menée en 1912 par les physiciens W. Friedrich et P. Knipping, à l'aide d'un cristal de sulfure de cuivre, ou sphalérite. Les rayons X émis par un tube de Crookes passaient à travers le cristal et des plaques photographiques étaient disposées tout autour pour enregistrer la réflexion des rayons X. Friedrich et Knipping purent alors constater que les rayons X étaient diffractés avec une symétrie régulière sur les plaques photographiques, ce qui prouvait d'une part que les rayons X étaient bien des ondes électromagnétiques, puisqu'elles avaient des propriétés ondulatoires ; et d'autre part que les cristaux étaient symétriquement maillés, comme l'avait prédit Bravais.

Les clichés de l'expérience de Friedrich et Knipping furent alors étudiés par le physicien anglais William Lawrence Bragg et son père Henry Bragg, à Cambridge, à la fin de l'année 1912. Le premier énonça alors la théorie de la diffraction des rayons X par les cristaux, ou loi de Bragg. On se référera à la figure 1 pour mieux la comprendre.

Deux rayons appartenant à un faisceau de rayons X, SI et TJ, tombent sur un cristal composé de couches moléculaires C_1, C_2, C_3,…, etc. SI heurte une de ces molécules et se dif-

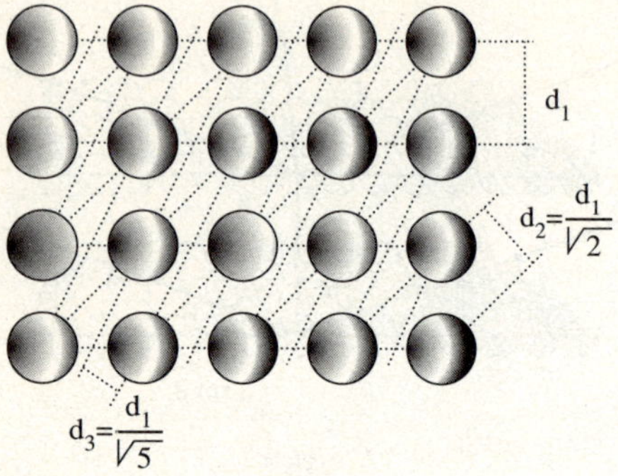

Figure 2

fracte selon IS' ; TJ se diffracte sur la seconde couche C_2, selon JT'. Les ondes ainsi diffractées interfèrent. La différence de marche entre deux rayons est AJ + JB = 2 AJ = $2d \sin \theta$ (où θ est l'angle de Bragg – l'angle entre le rayon incident et le plan des atomes). Si $2d \sin \theta$ est égal à un nombre entier de fois la longueur d'onde des rayons Xλ, (soit $n\lambda$), les ondes transmises par le cristal sont en phase et l'écran sur lequel on le recevra sera impressionné. L'*équation de Bragg* pour la diffraction des rayons X s'écrit alors :

$$n\lambda = 2d \sin \theta$$

La manière dont la structure des cristaux fut ensuite déterminée par Henry et William Bragg, à l'aide de leur équation, est expliquée par le chimiste Linus Pauling et illustrée sur la figure 2. Celle-ci montre un simple arrangement cubique d'atomes, vu depuis l'une des faces du cube. Un calcul géométrique simple montre, comme le note Pauling, « qu'il y a des couches d'atomes, avec des espacements d_1, d_2, d_3,…, qui sont dans les rapports 1 :1/√2 :1√5. Puisque les valeurs relatives des espacements d_1, d_2, d_3,..., peuvent être déterminées sans connaître les longueurs d'onde des rayons X, mais comme étant simplement inversement proportionnelles à leurs valeurs de sin θ, la nature des arrangements atomiques pouvait être déterminée par les expériences des Bragg ».

Utilisant un dispositif élaboré (spectromètre, collimateur, chambre d'ionisation), ceux-ci parvinrent en quelques mois à déterminer la longueur d'onde des rayons X à 1 % près et à déterminer la structure tridimensionnelle d'environ 20 cristaux. Dès lors, la diffraction des rayons X allait devenir un outil courant de détermination des structures cristallines, en chimie et en biologie.

1913-1914
L'atome selon Franck et Hertz

Le modèle de l'atome proposé par le physicien danois Niels Bohr, en 1913, représente l'incorporation des principes quantiques dans la description de la structure atomique. Il fut conçu pour résoudre les contradictions du modèle « planétaire » de Rutherford. Du point de vue de l'électrodynamique classique, celui-ci était en effet complètement instable, car les électrons en orbite autour du noyau atomique devaient irradier continûment leur énergie, pour finir par opérer une série d'orbites de plus en rapprochées autour du noyau et s'écraser sur celui-ci. L'atome de Rutherford aurait donc dû logiquement s'effondrer sur lui-même.

Bohr décida de résoudre cette contradiction en suggérant que les électrons se situaient sur des orbites circulaires, dont les rayons avaient des valeurs discrètes. Tant qu'ils étaient sur ces orbites, ils se trouvaient dans un état stationnaire et n'irradiaient pas d'énergie. Bohr postulait par ailleurs une orbite basse, la plus proche du noyau, au-dessous de laquelle un électron ne pouvait pas se trouver. La stabilité de l'atome était ainsi assurée.

Dans le modèle de Bohr, quand un électron opérait une transition vers une autre orbite, il absorbait ou émettait une radiation. Ainsi, quand il « sautait » vers une orbite inférieure, il passait à un niveau d'énergie plus bas et perdait de l'énergie. A l'inverse, lorsqu'un atome était excité (par échauffement ou par un rayonnement électromagnétique), ses électrons « sautaient » vers un niveau d'énergie supérieur, puis se désexcitaient en revenant sur leur orbite initiale. L'atome émettait dans les deux cas un rayonnement électromagnétique, qui se traduisait par une raie spectrale.

Pour mettre son modèle en accord avec les données expérimentales sur le spectre de l'atome d'hydrogène, composé de fréquences discontinues, Bohr opéra alors une rupture radicale avec la physique atomique classique, en énonçant que le passage d'un niveau d'énergie à un autre se faisait avec l'émission ou l'absorption d'un quantum d'énergie h, où h est la constante de Planck et la fréquence de la radiation émise.

L'adoption du quantum d'énergie, ou quantité indivisible d'énergie, théorisée par le physicien allemand Max Planck en 1900, avait ceci de révolutionnaire qu'elle impliquait la reconnaissance de l'état de discontinuité de la matière. Un atome d'hydrogène ne pouvait avoir que n états énergétiques distincts – E_0, E_1, $E_{2,\ldots,}$ E_n – et ces états ne pouvaient prendre qu'une série discontinue de valeurs. En d'autres termes, il n'existait pas d'état énergétique de l'atome d'hydrogène compris entre E_1 et E_2…

La corrélation du modèle de Bohr avec les données expérimentales sur le spectre de l'atome d'hydrogène fournissait une confirmation initiale de sa pertinence. Les états d'énergie prévus par Bohr allaient effectivement permettre de retrouver intégralement les séries de fréquences observées expérimentalement (séries de Balmer, de Lyman, de Paschen et de Brackett). Il manquait cependant une démonstration expérimentale directe. Pouvait-on, en particulier, vérifier l'existence de niveaux d'énergie discrets dans les atomes, pierre angulaire du modèle de Bohr ? L'expérience de James Franck et de Gustav Hertz, en 1914, allait permettre de répondre par l'affirmative à cette question.

Son concept était très simple. Les atomes étudiés, sous forme de gaz ou de vapeur à basse pression, se trouvaient dans un cylindre, à l'une des extrémités duquel était dispo-

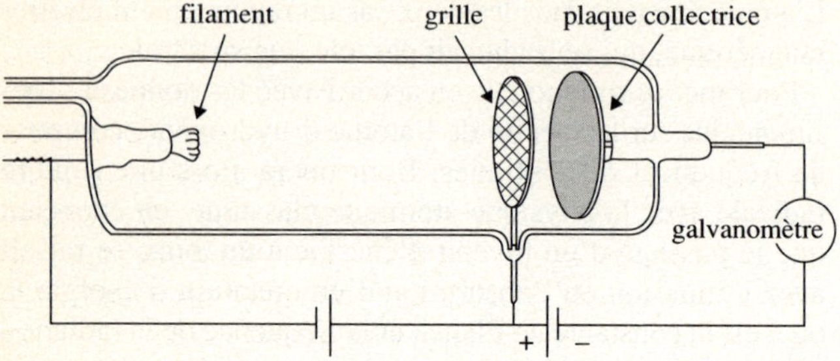

Le dispositif de Franck et Hertz

sée une grille à petites alvéoles, située à quelque distance d'une plaque collectrice reliée à un galvanomètre (voir ci-dessus). A l'autre extrémité, un filament incandescent produisait des électrons qu'une tension positive attirait vers la grille. Une partie de ces électrons traversait la grille et atteignait la plaque. L'intensité du courant produit était alors enregistrée par le galvanomètre.

Franck et Hertz introduisirent de la vapeur de mercure dans leur cylindre. Ils accélérèrent ensuite les électrons, en augmentant graduellement le potentiel entre le filament et la grille, gardant en mémoire le fait que, selon la théorie de Bohr, si le potentiel qui accélère les électrons est inférieur à la quantité minimale d'énergie nécessaire pour exciter l'atome de mercure, l'électron ne peut pas exciter l'atome. Il se borne à rebondir sur lui. De telles collisions, dites « collisions élastiques », sont sans effet sur le flot d'électrons qui proviennent du filament incandescent. En somme, tant que le potentiel accélérateur se situe au-dessous d'une certaine valeur critique nécessaire pour exciter les électrons de l'atome, les électrons issus du filament entrent en collision avec les atomes de mercure sans perdre d'énergie, et la plaque collectrice reçoit la totalité de ce flot d'électrons, comme l'indique l'aiguille du galvanomètre.

En revanche, à 4,9 volts, Franck et Hertz découvrirent le phénomène attendu : l'aiguille du galvanomètre tomba à zéro. La plaque collectrice ne recevait plus d'électrons. Cela signifiait que les électrons du filament avaient maintenant atteint le seuil d'énergie critique qui permettait aux électrons de l'atome d'opérer leur transition vers des niveaux d'énergie supérieurs. Ils avaient donc absorbé toute l'énergie des électrons incidents, par un phénomène de « collision inélastique ». Les électrons issus du filament, n'ayant plus d'énergie cinétique, ne pouvaient plus dès lors atteindre la plaque collectrice.

Augmentant le potentiel accélérateur au-delà de 4,9 volts, Franck et Hertz constatèrent que les électrons subissaient encore des collisions inélastiques, mais ne perdaient pas cette fois toute leur énergie cinétique. Il leur en restait assez pour atteindre la plaque collectrice, et le courant dans le galvanomètre se remit à augmenter. En revanche, quand le potentiel accélérateur fut égal à deux fois 4,9 volts, l'aiguille du galvanomètre retomba soudainement à zéro. Cela confirmait le résultat précédent ; à savoir que les électrons avaient maintenant juste assez d'énergie pour exciter deux atomes, au cours de deux collisions séparées (et en perdant 4,9 volts à chaque collision). Ce faisant, ils perdaient à nouveau toute leur énergie cinétique.

Les résultats obtenus par Franck et Hertz confirmaient parfaitement la théorie des niveaux d'énergie de Bohr. Ils indiquaient que les atomes de mercure ne pouvaient absorber l'énergie des électrons incidents que lorsque ceux-ci avaient atteint une certaine valeur critique, ce qui signifiait que, dans le mercure lui-même, les électrons de l'atome opéraient une transition abrupte vers des niveaux d'énergie discrets plus élevés. Tant que les électrons incidents avaient moins que cette quantité discrète d'énergie, aucune transition n'était possible, et aucune énergie du flot d'électrons n'était absorbée par les électrons de l'atome. En revanche, quand les électrons incidents avaient précisément cette énergie, ils la perdaient d'un seul coup, lors de collisions inélastiques avec les électrons de l'atome, qui possédaient alors le quantum d'énergie suffisant pour opérer leur transition vers un niveau d'énergie supérieur.

1915

Morgan et l'hérédité

En 1915, le biologiste Thomas Hunt Morgan publie, en collaboration avec Alfred Sturtevant, Hermann Muller et Calvin Bridges, l'ouvrage fondateur de la génétique moderne, *The Mechanism of Mendelian Heredity* (Les mécanismes de l'hérédité mendélienne). Les travaux de Morgan sont d'une importance clé en biologie, car ils vérifient et complètent, sur des bases expérimentales, les lois de Mendel, en même temps qu'ils confirment et enrichissent la théorie chromosomique de l'hérédité de Sutton-Boveri.

A l'origine, le moine autrichien Johann Gregor Mendel avait entrepris des expériences de croisement sur diverses races de pois, qui lui avaient permis de dégager, entre 1856 et 1866, ses célèbres lois de l'hybridation. Celles-ci énoncent qu'il existe des déterminants précis du caractère apparent (nos « gènes » modernes), comme la couleur des pétales, ou le caractère ridé ou lisse de la peau. Les déterminants dits dominants sont plus aptes à être hérités, tandis que les déterminants récessifs le sont moins. Par ailleurs, elles stipulent que la transmission de ces déterminants se fait selon un taux mathématiquement défini, donc prévisible, avec contribution égale des deux parents, et que la ségrégation des déterminants d'un caractère se fait indépendamment de celle de l'autre.

A partir de 1902, les biologistes Theodor Boveri et Walter Sutton développent, sur la base des données fournies par la cytologie et en s'appuyant sur les lois de Mendel, la théorie chromosomique de l'hérédité : elle énonce la persistance des chromosomes entre les mitoses (division de la cellule vivante), l'action de l'hérédité par les chromosomes, l'individualité de chaque chromosome, et l'héritage, sur une base de stricte égalité, des chromosomes paternel et maternel par la descendance.

Morgan est, à cette date, peu convaincu par cette théorie, à laquelle il reproche « de ne pas être basée sur des expériences ». Lui-même s'intéresse au domaine voisin des mutations, et, en 1908, commence à travailler en laboratoire sur la mouche Drosophile (*Drosophila melanogaster* ; une espèce au taux de reproduction extrêmement rapide).

Morgan et ses collaborateurs font se reproduire les *Drosophila* par centaines de milliers dans leur *fly room* (« chambre à mouches ») de l'université Columbia, dans le but de retrouver chez ces insectes les mutations que Hugo de Vries avait trouvées chez la plante *Œnothera*. Dès 1910, Morgan peut prouver, à la suite d'une série de croisements opérés à partir d'un individu « mutant » (Drosophile mâle aux yeux rouges), le caractère récessif des traits morphologiques apparus par mutation brusque. Morgan analyse alors les « mutations » comme étant dues à un changement du gène originel en un allèle – c'est-à-dire en l'une des différentes versions sous laquelle ce gène peut exister.

Les travaux de Morgan et de ses collaborateurs sur la Drosophile vont ensuite les amener à proposer un modèle structurel d'arrangement des gènes sur les chromosomes : chacun d'entre eux contient un nombre déterminé de gènes (gènes chromosomiques), qui sont localisés sur des sites distincts *(loci)* des chromosomes. Morgan peut alors répondre aux dernières interrogations sur la validité des lois de Mendel, concernant en particulier la non-généralité du principe de ségrégation stricte des caractères (c'est-à-dire l'héritage indépendant des caractères morphologiques par la descendance). Il explique ainsi que la dépendance entre sexe et couleur des yeux chez les Drosophiles (les femelles ont les yeux rouges, les mâles ont les yeux blancs) s'explique par la localisation des gènes responsables de la couleur des yeux sur le chromosome X (figure 1). Il introduit, à cette occasion, le concept clé de *sex-linkage*.

Par ailleurs, pour expliquer pourquoi un organisme possède plus de caractères qu'il n'a de chromosomes, Morgan prouve que les gènes situés ensemble sur un même chromosome ont tendance à être hérités en groupe : c'est le principe du *linkage-group*, qui permet d'établir des cartes chromosomiques. Toutefois, ce principe introduit une forte contrainte au degré de liberté dans la recombinaison, qui est en désaccord avec les résultats expérimentaux : en effet, si tous les gènes d'un chromosome sont étroitement liés, le nombre d'unités indépendantes ne peut pas dépasser celui des chromosomes.

L'analyse génétique va alors permettre de mettre en évidence un autre phénomène capital, qui circonscrit le problème : l'« enjambement » *(crossing over)*. Au moment de la méiose, un échange de segments de chromosomes homologues a lieu, qui permet la recombinaison des gènes qui leur sont liés. De tels échanges aléatoires de segments chromosomiques provoquent le « brassage génétique » qui est observé chez les individus. Une fois encore, « la cytologie fournit le mécanisme qu'impose l'évidence expérimentale », pour reprendre l'expression de Morgan lui-même, et la génétique moderne est désormais fondée sur de solides bases physiques.

Ainsi, en quelques années, et grâce à son approche expérimentale rigoureuse, les principaux aspects de la transmission génétique sont élucidés par Morgan. Comme l'écrit l'historien de la biologie Ernst Mayr, « là où [William] Bateson, [Hugo] de Vries, [Carl] Correns, [W. E.] Castle et les autres mendéliens n'étaient pas parvenus à trouver les bonnes réponses, voire même à poser les bonnes questions, le groupe de Morgan réussit brillamment. […] Plutôt que de spéculer sur les lois de l'hérédité, il [Morgan] alla en quête des faits et de leur explication la plus simple. C'était un empiriste accompli ».

Le sex-linkage dans la théorie de l'hérédité de Morgan →

Une Drosophile mâle à yeux blancs (à droite) est croisée avec une femelle à yeux rouges. Dans la première génération, toutes les Drosophiles ont les yeux rouges, mais dans la seconde génération, une Drosophile sur quatre est un mâle à yeux blancs. Morgan expliqua ce phénomène par l'hypothèse selon laquelle le gène de la couleur des yeux se trouvait sur le chromosome X. Les chromosomes X noirs contiennent le gène de la couleur rouge des yeux, tandis que les chromosomes X blancs contiennent le gène de la couleur blanche des yeux.

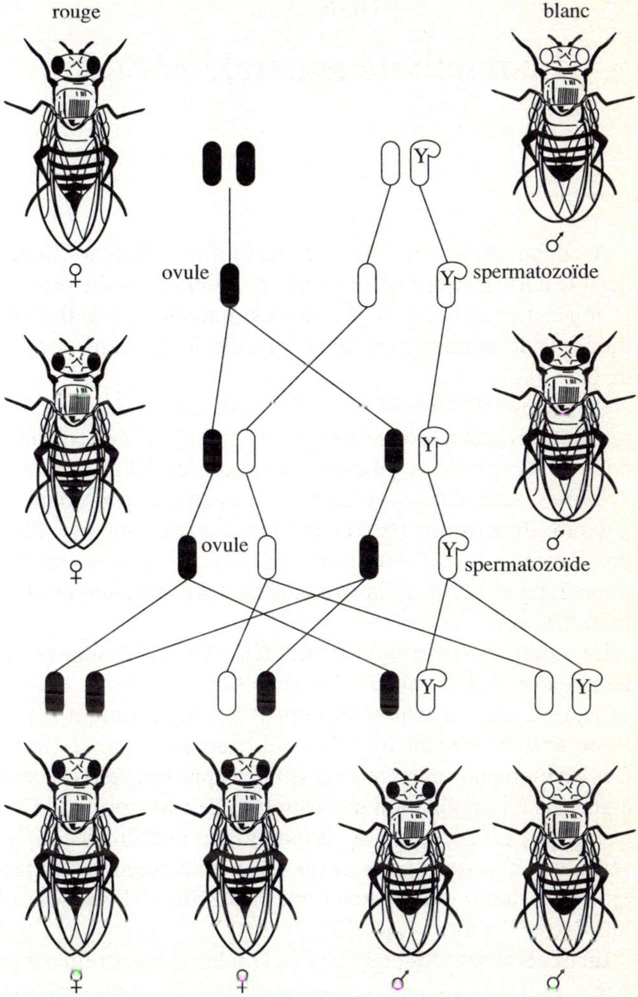
rouge
blanc
♀
♂
ovule
spermatozoïde
Y
♀
♂
ovule
spermatozoïde
Y
Y
Y
♀
♀
♂
♂

1916-1919

La relativité générale vérifiée

Au début de 1916, Albert Einstein met la touche finale, dans le dernier d'une série de quatre articles, à sa théorie de la relativité générale. Il donne ainsi naissance à la théorie moderne de la gravitation, qui supplante définitivement celle de Newton.

La théorie d'Einstein généralise aux corps soumis à des interactions gravitationnelles les principes qu'il avait définis, dans sa théorie de la relativité restreinte de 1905, pour les systèmes isolés étudiés au sein d'un système de coordonnées à quatre dimensions (le « continuum espace-temps »). Plus précisément, la relativité générale explique le lien gravitationnel qui existe entre la structure de cet espace-temps et le mouvement des corps.

La relativité restreinte avait déjà mis en évidence la contraction des longueurs (« contraction de Lorentz ») et la dilatation du temps pour les corps en déplacement rectiligne uniforme (non soumis à un champ de gravitation). Ces phénomènes avaient été expliqués par Einstein comme étant dus à l'application des formules de transformation de Lorentz, d'où découlait la variabilité des coordonnées spatiales et temporelles des corps en déplacement rectiligne uniforme, leur « relativité » (voir ci-dessus « Michelson, la lumière et l'"éther" », p. 117).

En généralisant les postulats de la relativité restreinte aux corps soumis à un champ de gravitation, Einstein constate qu'« à cause de la contraction de Lorentz dans un référentiel en rotation par rapport à un référentiel inertiel, les lois qui gouvernent les corps rigides ne correspondent pas aux règles de la géométrie euclidienne. La géométrie euclidienne doit donc être abandonnée si l'on veut considérer les référentiels non inertiels sur un pied égal ». En effet, les coordonnées de tels référentiels se déforment constamment, du fait de la contraction lorentzienne qui les affecte, et la métrique de l'espace-temps cesse d'être rigide (euclidienne) pour devenir variable (non euclidienne).

Aidé du mathématicien suisse Marcel Grossmann, Einstein va donc être amené à utiliser une géométrie non euclidienne, la géométrie riemannienne – du nom du mathématicien allemand Bernhard Riemann qui en avait donné la théorie en 1854. Or l'axiomatique riemannienne énonce que la transition d'une géométrie plane (euclidienne) à une géométrie multidimensionnelle (non euclidienne) provoque une courbure de l'espace. Le déplacement des figures dans l'espace sphérique riemannien ne se fait plus selon des lignes droites, mais selon des géodésiques ; c'est-à-dire selon les lignes les plus courtes reliant un point à un autre sur une sphère, et qui sont l'équivalent des droites sur des surfaces planes.

Puisque l'espace-temps est un espace riemannien, il en possède les propriétés géométriques, à savoir la courbure, qui varie en fonction de la distribution et du mouvement de la matière : dans l'espace-temps einsteinien, les corps ne se déplacent plus en ligne droite, comme dans l'espace usuel, mais selon des géodésiques.

Par ailleurs, l'un des postulats majeurs de la relativité générale est de poser l'équivalence entre masse inerte et masse pesante. La loi d'inertie (première loi de Newton) énonce qu'un corps qui n'est soumis à aucune force extérieure (un champ gravitationnel, par exemple) reste au repos, s'il est au repos ; ou bien, qu'il continue à se déplacer en mouvement rectiligne uniforme, s'il est en mouvement. Selon la relativité générale, une masse pesante (placée dans un champ

Le déplacement du

En 1916, Einstein publie dans le journal de l'Académie prussienne des sciences, à Berlin, un article intitulé « Explication du déplacement du périhélie de Mercure à l'aide de la théorie de la relativité générale ». C'est le première preuve expérimentale de la théorie qu'il vient tout juste d'énoncer.

Avant d'entrer dans les détails de la démonstration d'Einstein, il convient de rappeler quelques notions fondamentales. En 1610, l'astronome Johannes Kepler détermine que le déplacement des planètes autour du Soleil se fait selon des orbites elliptiques, et non circulaires, comme tous les astronomes le croyaient avant lui. Il formule alors les trois lois du mouvement des planètes, dites lois de Kepler. La première loi énonce que « toutes les planètes décrivent autour du Soleil des orbites elliptiques dont le Soleil occupe un des foyers ». Le point de l'orbite le plus proche du Soleil est le « périhélie » ; le plus éloigné est l'« aphélie. »

En 1687, Isaac Newton donne l'explication physique du comportement orbital des planètes avec sa loi de l'attraction universelle : dans le cas particulier du système solaire, les planètes sont soumises à l'attraction gravitationnelle du Soleil, qui est un corps beaucoup plus massif qu'elles ; mais elles subissent aussi des influences perturbatrices, dues à des phénomènes d'attraction mutuelles, qui compliquent l'attraction solaire.

La théorie newtonienne s'avère parfaitement apte à rendre compte du mouvement des planètes jusqu'en 1859, date à laquelle l'astronome français Urbain Le Verrier (le découvreur de Neptune) décèle des anomalies inexplicables dans le comportement de Mercure. Cette planète, qui est la plus proche du Soleil, voit en effet son périhélie se déplacer de 570 secondes d'arc par siècle. Or, en tenant compte des phénomènes d'attraction additionnels, dus à l'influence perturbatrice des autres planètes, en particulier Vénus et Jupiter, il reste un résidu inexpliqué de 38 secondes d'arc par siècle (qui sera porté à 41,24 secondes par l'astronome Simon Newcomb, en 1882). Le Verrier postule alors l'existence d'une planète encore inconnue, Vulcain, qui serait responsable de ce déplacement périhélique supplémentaire ; mais la planète ne sera jamais découverte. Une autre hypothèse envisagée serait une augmentation d'au moins 10 % de la masse de Vénus – une modification jugée inadmissible par les astronomes.

En novembre 1915, Einstein décide d'appliquer la relativité

périhélie de Mercure

générale à la résolution du problème. Sa théorie stipule que les corps massifs courbent l'espace-temps dans leur voisinage, et Einstein explique alors que c'est la déformation de la structure de l'espace-temps par le Soleil qui perturbe la trajectoire des planètes et qui avance leur périhélie. Cet effet est d'autant plus important que les planètes sont proches : ainsi, pour le périhélie de Mercure, l'effet relativiste calculé par Einstein, à l'aide des équations de la relativité générale, est de 42,98" ± 0,94" par siècle ; il est de 8,63" pour Vénus, de 3,84" pour la Terre, de 1,35" pour Mars, etc. La valeur donnée par Einstein pour

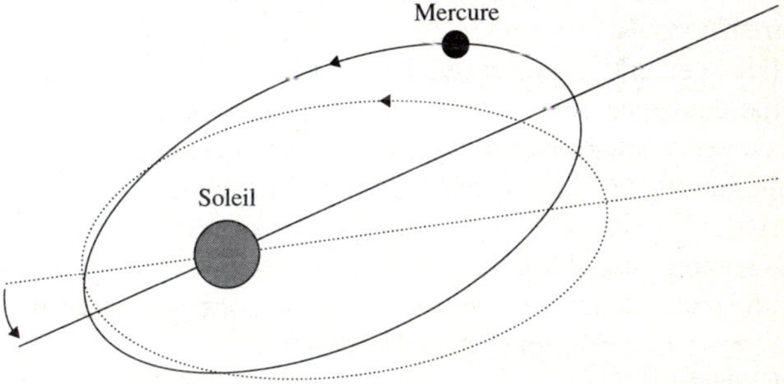

La précession du périhélie de Mercure

Mercure s'accorde très bien avec la valeur moderne, obtenue grâce à des mesures radar, qui est de 43,11" ± 0,45" par siècle. L'avance du périhélie de Mercure est donc la première preuve de l'exactitude des postulats de la relativité générale.

Einstein décrira lui-même plus tard le moment de cette découverte comme l'un des plus importants de sa vie. Sa théorie, écrira-t-il au physicien hollandais Paul Ehrenfest, en janvier 1916, « explique [...] quantitativement [...] la rotation séculaire de l'orbite de Mercure découverte par Le Verrier, sans le recours à une hypothèse spéciale ». Pendant quelques jours, Einstein sera transporté de joie et d'excitation car, comme le rappelle Abraham Pais, « la Nature lui avait parlé. Il devait avoir raison... ».

gravitationnel) se comporte exactement comme une masse inerte : elle se meut librement, sans subir aucune force ; mais, en raison de la courbure de l'espace-temps provoquée par la présence de corps massifs, elle est amenée à se déplacer selon une géodésique, et non selon une droite.

Il faudra quatre ans – de 1912 à 1916 – pour qu'Einstein développe les équations de la relativité générale, en s'appuyant sur une exploitation systématique de la géométrie riemannienne, sur la théorie des invariants différentiels riemanniens d'Elwin Christoffel, et sur le calcul tensoriel inventé au XIXe siècle par Gregorio Ricci-Curbastro et Tullio Levi-Civita, pour l'étude des espaces courbes à plusieurs dimensions.

Il sera amené à vérifier que les effets relativistes demeurent imperceptibles dans le cas d'une faible vélocité des corps et en présence de champs gravitationnels peu intenses : les équations de la relativité générale redonnent alors la théorie de Newton, en première approximation. En revanche, ces effets deviennent sensibles dans le cas de vélocités importantes et de forts champs gravitationnels. Ils sont, par exemple, perceptibles à proximité d'étoiles massives.

Einstein pourra ainsi calculer, dès 1915, les effets relativistes provoqués par le Soleil et apporter la preuve du bien-fondé de sa théorie (voir « Le déplacement du périhélie de Mercure », page précédente). Puis, en 1919, l'astronome anglais Stanley Eddington mettra sur pied une tentative de vérification directe de la théorie de la relativité générale, à l'occasion de l'éclipse du Soleil prévue cette année-là.

La relativité générale prévoit en effet la courbure des rayons lumineux stellaires à proximité du Soleil, due à la déformation de l'espace-temps par la masse solaire. La seule possibilité d'observer cette courbure est lors d'une éclipse totale du Soleil, lorsque la Lune cache le disque solaire. Toutefois, comme le note Eddington, « il reste une grande quantité de lumière en provenance de la couronne solaire qui s'étend bien au-delà du disque. Il est donc nécessaire d'observer les étoiles brillantes proches du Soleil, dont la lumière ne se perdra pas dans l'éclat aveuglant de la couronne ».

Eddington choisit en conséquence la date du 29 mai 1919, lorsque le Soleil se trouve dans la constellation du Taureau, dans une partie du Zodiaque riche en étoiles brillantes, et il organise deux expéditions : l'une, menée par l'astronome Andrew Crommelin va à Sobral, au Brésil ; l'autre, dirigée par Eddington lui-même va sur l'île de Principe, en Guinée. Les deux expéditions obtiennent les résultats suivants :

Sobral : 1,98" ± 0,12"
Ile de Principe : 1,61" ± 0,30",

alors que la théorie d'Einstein prévoyait 1,87" et celle de Newton (qui envisageait aussi la courbure de la lumière stellaire en vertu de la loi de l'attraction universelle et du fait de son adhésion à la théorie corpusculaire de la lumière, 0,87"). « Trois jours après l'éclipse, se remémorera Eddington, tandis que nous effectuions les derniers calculs, je savais que la théorie d'Einstein avait triomphé de l'épreuve et que la nouvelle pensée scientifique devait prévaloir. » Pourtant, comme c'est souvent le cas dans les sciences exactes, la vérification expérimentale n'était nullement décisive pour l'acceptation de la relativité générale, et l'on ne saurait oublier qu'Eddington était un chaud partisan des théories d'Einstein.

En novembre 1919, lors d'une réunion commune de la Royal Society et de la Royal Astronomical Society, Einstein sera cependant « canonisé » (selon l'expression de son biographe Abraham Pais). L'astronome royal Sir Frank Dyson déclarera publiquement à cette occasion : « Après une étude attentive des plaques photographiques, je peux dire qu'elles confirment la prédiction d'Einstein. Un résultat probant a été obtenu, en vertu duquel la lumière est déviée selon la loi de gravitation d'Einstein. » Lorsqu'on demanda à Einstein quelle aurait été sa réaction en cas d'échec, il dit : « J'aurais été désolé pour le bon Dieu car la théorie est, sans conteste, excellente ! »

1919
Atomes et isotopes

En 1886, pour expliquer certaines incohérences dans les résultats obtenus lors de mesures de masses atomiques, le chimiste anglais William Crookes propose de considérer que celles-ci peuvent varier pour un même élément : « Je conçois, écrit-il, que lorsque nous disons que la masse atomique du calcium est de 40, nous affirmons en réalité que, bien que la majorité des atomes ait effectivement une masse égale à 40, il y en a un nombre non négligeable de masse égale à 39 ou 41, un plus petit nombre de masse égale à 38 et 42, et ainsi de suite. »

Cette hypothèse est très mal reçue par les chimistes, qui refusent d'admettre l'existence de masses atomiques variables pour un même élément. En effet, depuis la fondation de la théorie atomique par John Dalton en 1801, le dogme veut que la masse atomique d'un élément soit immuable. Pourtant, au début du XXe siècle, plusieurs découvertes ravivent l'hypothèse de Crookes. Ainsi, en 1905, le chimiste Bertram Boltwood, qui étudie la désintégration radioactive de l'uranium, découvre un nouvel élément, l'ionium, aux propriétés chimiques identiques au thorium et à la masse atomique presque semblable.

Puis, en 1914, Boltwood s'aperçoit que du plomb se trouve associé à de la pechblende (un oxyde d'uranium) dans certains gisements, et il suggère qu'il pourrait s'agir d'un produit de la désintégration radioactive de l'uranium. Le physicien anglais Frederick Soddy, s'appuyant sur sa

« loi de déplacement radioactif » de 1911, qui prévoit un changement de numéro atomique et/ou de masse atomique pour un élément subissant une tranformation radioactive, fait alors la prédiction suivante : la masse atomique du plomb tiré de la pechblende, ainsi que celle d'une autre variété de plomb extrait de la thorite radioactive, doivent varier sensiblement par rapport à la masse atomique standard du plomb (207,2). Il envisage des masses atomiques de 206 et de 208 pour le plomb uranifère et pour le plomb thorifère.

Peu de temps après, les physiciens Theodore Richards et Max Lembert obtiennent des masses atomiques de 206,4 et de 208,4 pour ces deux variétés de plomb, donnant ainsi raison à Soddy. Ce dernier propose alors d'appeler les éléments radioactifs de même numéro atomique mais de masse atomique différente des *isotopes* (du grec *isos* = même, et *topos* = lieu, place) : quoique leur masse atomique soit différente, ils se trouvent effectivement à la même place dans la table périodique des éléments. La question se pose alors de savoir s'il existe des isotopes d'éléments non radioactifs, c'est-à-dire d'éléments stables. La réponse va venir de façon indirecte.

Au début du siècle, le physicien anglais Joseph John Thomson a obtenu un résultat incongru. Il a découvert que le néon paraissait avoir deux masses atomiques distinctes, 20 et 22, et non pas la masse atomique de 20,2 trouvée par William Ramsay. Thomson pense que l'une des deux masses est due à la présence d'un élément chimiquement semblable au néon et il demande au jeune physicien anglais Francis William Aston de le vérifier. Pour résoudre cette question, celui-ci invente en 1919 un appareil destiné à jouer un rôle capital dans l'histoire de la physique expérimentale : le spectrographe de masse.

Aston opère de la manière suivante : il ionise du néon, c'est-à-dire qu'il « arrache » aux atomes de cet élément ses électrons périphériques. Les ions ainsi produits sont accélérés et traversent successivement un champ électrique et un champ magnétique. Leur point d'impact sur une plaque photographique placée au bout du spectrographe varie en proportion directe de leur rapport énergie/masse *(e/m)*. Un faisceau d'ions qui provient d'atomes de même masse produit une seule raie brillante sur la plaque photographique. En revanche, s'il provient d'atomes de masse différente, le spectre électrique se divise, et le nombre de raies brillantes dépend alors du nombre d'isotopes. Le spectrographe de masse est tellement précis qu'il peut déterminer la proportion relative des isotopes d'après la largeur et la brillance des raies.

En ionisant le néon, Aston obtient deux raies brillantes qui indiquent des masses de 20 et 22. Il n'y a aucune raie à 20,2, et Aston peut confirmer la découverte de J. J. Thomson et montrer que le néon est constitué d'un mélange de deux isotopes : 90 % de cet élément consiste en du néon de masse atomique 20, et 10 % en du néon de masse atomique 22. La moyenne, $0,9 \times 20 + 0,1 \times 22$, donne effectivement la masse atomique découverte par Ramsay : 20,2.

Ce résultat est capital. Non seulement Aston vient de sauver la table périodique de Mendeleïev en montrant qu'il est inutile de créer autant d'« éléments » qu'il y a de masses atomiques ; mais il a démontré de manière irréfutable que la masse atomique d'un élément pouvait être fractionnelle (un phénomène jusque-là inexplicable pour les chimistes, persuadés que les masses atomiques étaient régies par des entiers). En fait, pour obtenir des éléments à masse atomique fractionnelle, il suffit d'une simple combinaison d'isotopes dont les masses atomiques individuelles sont entières (en réalité, les masses atomiques des isotopes ne sont pas exactement entières, mais ce fait peut être attribué à l'équivalent-masse de l'énergie qui maintient ensemble les composants de leur noyau).

Dans les semaines qui suivent la découverte d'Aston, plusieurs laboratoires de chimie à travers le monde se lancent à la recherche d'isotopes d'éléments stables. On identifie d'abord les six isotopes du mercure. Puis on découvre successivement ceux du xénon, du krypton, de l'argon, du bore, du silicium, du bromure, du sulfure, du phosphore et de l'arsenic. La séparation du chlore démontre à nouveau la justesse de vue d'Aston : le chlore consiste en deux isotopes de masse atomique 35 et 37 ; mélangés, ils donnent la masse atomique moyenne du chlore : 35,457.

L'existence des isotopes trouve son explication en 1932, lorsque James Chadwick découvre le neutron (l'un des deux constituants du noyau atomique avec le proton). Il montre alors que le nombre de neutrons contenus par le noyau d'un même élément peut varier et modifier la masse atomique de cet élément. Ainsi l'uranium naturel U_{238} (92 protons, 146 neutrons ; 92 + 146 = 238) a deux isotopes : U_{234} (92 protons, 142 neutrons) et U_{235} (92 protons, 143 neutrons). Comme le neutron est électriquement neutre, la charge électrique de l'atome – représentée par le numéro atomique Z – ne change pas. Cela implique, en vertu de la loi des numéros atomiques, que le nombre d'électrons en orbite autour du noyau reste le même et que les propriétés physico-chimiques des isotopes demeurent quasi identiques à ceux de l'élément, bien que leur masse soit différente.

1919

Transmutations

L'idée qu'il est possible de transmuer un élément en un autre est l'un des plus vieux rêves de la science. Elle trouve sans doute ses origines dans l'Égypte ancienne, et prend corps aux alentours du Ier siècle parmi les savants grecs d'Alexandrie.

La croyance se répand ensuite à travers le Bassin méditerranéen et sa fortune n'est peut-être pas étrangère aux travaux de l'époque sur les contrefaçons. Ainsi, le papyrus de Leyde (IIIe siècle) donne 111 recettes traitant de métaux et d'alliages, et indique des moyens d'imiter les métaux précieux, en particulier l'or. C'est à partir de connaissances de ce type, mêlées aux spéculations philosophiques grecques, que naquit probablement l'idée de transmuer un métal en or, et avec elle l'alchimie.

Le concept de transmutation des métaux est repris par les Arabes, qui traduisent les travaux grecs à partir du IXe siècle. Le principal représentant de l'alchimie arabe, Jabir Ibn Hayyan, codifie les méthodes de recherche dans un important corpus de textes alchimiques. Les travaux de Jabir, ainsi que ceux d'Al-Razi et d'Avicenne, vont fortement influencer les savants médiévaux qui prennent connaissance des traités arabes au XIIe siècle.

La quête de la « pierre philosophale » – c'est-à-dire de la substance qui doit transformer tous les métaux en or – commence à cette époque en Europe, mais elle attire bientôt une foule d'occultistes et de charlatans et tombe dans le discrédit à partir de la Renaissance. Celui-ci s'accentue au XVIIe siècle, lorsque l'Anglais Robert Boyle établit la chimie sur des bases rationnelles. L'alchimie favorise certes l'essor des techniques chimiques, en particulier des procédés de distillation et de purification des substances, mais à aucun moment elle ne permet de réaliser la transmutation des éléments. S'agirait-il d'un mirage ?

Une première réponse à cette question est donnée en 1902 par les physiciens Ernest Rutherford et Frederick Soddy. Au cours d'une série d'expériences, ils découvrent que les corps radioactifs contiennent des atomes instables dont une fraction fixe se désintègre par unité de temps. Le reste de l'atome désintégré est un nouvel élément qui se désintègre à nouveau, et ainsi de suite jusqu'à l'obtention d'un élément stable. Rutherford et Soddy observent la désintégration du thorium radioactif en argon et apportent ainsi la preuve que la transmutation d'un élément en un autre est possible.

Toutefois, cette transmutation est naturelle et nullement provoquée. Il faut attendre 1919 pour que Rutherford, qui cherche à reproduire une expérience menée par le physicien Ernest Marsden quatre ans plus tôt, découvre qu'il est possible d'opérer une transmutation artificielle.

Marsden croit avoir découvert l'émission d'hydrogène par le radium au cours de sa désintégration radioactive. Or, on ne connaît que trois formes de radioactivité : les radioactivités alpha, bêta et gamma, qui correspondent respectivement à l'éjection de noyaux d'hélium (composés de deux protons et deux neutrons), d'électrons ou de positrons, et de rayons gamma par des atomes radioactifs, lors de leur désintégration. Rutherford, qui a mis en évidence deux de ces trois radiations, n'a jamais trouvé d'hydrogène au cours de ses recherches et c'est pour cette raison qu'il décide de refaire l'expérience de Marsden.

Celle-ci peut se résumer de la manière suivante : pour étudier le comportement d'atomes d'éléments légers bombardés par des particules alpha, Marsden a utilisé une chambre en laiton remplie d'hydrogène sous pression, dans laquelle il a libéré les particules alpha émises par un tube de radon (un produit de la désintégration du radium). En percutant les noyaux d'hydrogène, les particules alpha leur transfèrent leur énergie cinétique et en projettent une partie vers un écran scintillateur en sulfure de zinc, monté à l'une des extrémités de la chambre. Après avoir placé devant l'écran des feuilles de métal absorbant, Marsden a pu obtenir une mesure très précise de l'énergie cinétique des noyaux d'hydrogène et constater que ses résultats s'accordaient bien avec les calculs théoriques. Jusque-là, rien que de très classique. Mais alors qu'il a évacué l'hydrogène de la chambre, qui s'est à nouveau remplie d'air, il a observé de nouvelles scintillations sur l'écran, semblables à celles provoquées par l'impact des noyaux d'hydrogène. D'où pouvaient-elles provenir ?

Marsden pense qu'elles sont dues à l'émission de noyaux d'hydrogène par le radium, mais Rutherford infirme cette hypothèse, en montrant que la source radioactive est trop éloignée de l'écran et qu'un noyau d'hydrogène, s'il provenait de sa surface, serait absorbé par le gaz de la chambre. Poursuivant son enquête, il remplit tour à tour la chambre de dioxyde de carbone et d'oxygène, qu'il introduit en concentrations croissantes. Il constate alors une nette réduction du nombre des scintillations sur l'écran. En revanche, lorsqu'il introduit de l'air sec, les scintillations augmentent en nombre.

Rutherford s'applique alors à vérifier que le phénomène n'est pas dû à une contamination de l'air. Convaincu de la fiabilité de son dispositif expérimental, il ne voit plus qu'une solution : « Puisque l'effet anomalique a été observé dans de l'air et non dans de l'oxygène ou du dioxyde de carbone, il doit être dû soit à l'azote [qui représente 78 % environ de l'air], soit aux autres gaz présents dans l'air atmosphérique. »

Une expérience avec l'azote pur lui montre que cette première hypothèse est la bonne : les scintillations sont plus nombreuses lorsque la chambre est remplie d'azote que lorsqu'elle est pleine d'air sec. Et lorsque l'on abaisse la pression d'azote dans la chambre, le nombre de scintillations baisse de façon directement proportionnelle à la baisse de pression du gaz.

Les noyaux d'hydrogène qui provoquent les scintillations sur l'écran proviennent donc de l'interaction des particules alpha avec les atomes d'azote, et Rutherford tire immédiatement la conséquence de cette découverte : « Il est difficile de ne pas admettre que les atomes [...] qui proviennent de la collision de particules alpha avec de l'azote ne sont pas des atomes d'azote mais probablement des atomes d'hydrogène [...]. Si tel est le cas nous devons en conclure que l'atome d'azote a été désintégré [...] et que l'atome d'hydrogène qui est libéré était une partie intégrante du noyau d'azote. »

C'est en fait moins une désintégration qu'une transmutation artificielle, la première jamais réalisée. Et c'est ce que montrera sans équivoque le physicien anglais Patrick Blackett, en 1925, lors de l'étude de milliers de clichés dans des chambres de Wilson (dispositifs de détection de la trajectoire des particules). Il parviendra alors à déterminer que, dans les cas de collision avec le noyau d'azote, la trajectoire de la particule alpha s'arrête brusquement et qu'une trajectoire fourchue apparaît sur les clichés. L'un de ses composants est court et épais, l'autre long et fin. La trajectoire longue est celle du noyau d'hydrogène, la courte celle provoquée par le recul d'un noyau de masse important, sous l'effet de la collision. C'est bien la preuve que la particule alpha a été capturée, puisque dans le cas contraire on aurait dû observer une troisième trajectoire correspondant à la déviation de la particule alpha.

La réaction se décrit finalement ainsi : la particule alpha, qui est un noyau d'hélium de masse atomique 4, a été capturée par le noyau d'azote, de masse atomique 14, qui a éjecté de son noyau un ion hydrogène, un proton, de masse atomique 1 – celui-là même qui a été observé sous forme de scintillation sur l'écran. Le résultat net, 14 + 4 – 1, a donné un nouvel atome d'oxygène, l'isotope O_{17}, et la réaction s'écrit :

$$^{2}He_{4} + {}^{7}N_{14} \rightarrow {}^{8}O_{17} + {}^{1}H_{1}.$$

L'azote a donc été transmué en oxygène. Mais, n'en déplaise aux alchimistes, seule une particule alpha sur 300 000 environ peut pénétrer au-delà de la barrière des électrons, qui gravitent autour du noyau d'azote, et accomplir l'« œuvre au noir ».

1927

Quand les électrons diffractent

Jusqu'au tournant du siècle, les physiciens croyaient que la matière et l'énergie étaient régies par des lois distinctes. L'énergie, qui se manifestait sous forme de rayonnement, devait être de nature ondulatoire ; la matière était de nature corpusculaire. Mais un premier écart par rapport à cette règle se produisit en 1900, quand le physicien allemand Max Planck montra que le rayonnement ne devait pas seulement se décrire en termes d'ondes, mais qu'il possédait aussi des propriétés corpusculaires.

L'abandon définitif du concept classique de rayonnement associé à des ondes et de matière associée à des corpuscules fut réalisé en 1924, par le physicien français Louis de Broglie. Celui-ci fut amené à postuler la nature ondulatoire des particules, en raison d'une sérieuse contradiction dans le modèle quantique du rayonnement : à savoir qu'il fallait dire d'un corpuscule rayonnant – un photon – qu'il a une fréquence et une longueur d'onde. Et puisqu'il était nécessaire de présupposer des propriétés duelles – ondulatoires et corpusculaires – lorsque l'on voulait donner une description correcte du rayonnement, pourquoi ne pourrait-on pas faire de même pour décrire les particules matérielles ?

En somme, comme l'écrit le physicien Robert Massain, « ne pouvait-on pas penser que pour l'électron et les corpuscules matériels, on avait commis l'erreur de ne voir que leur aspect corpusculaire pour négliger leur aspect ondulatoire ? S'il en est ainsi, on est amené à penser que l'on doit se figurer les corpuscules matériels, notamment l'électron, comme accompagnés et en un sens guidés par une certaine onde. Mais alors on peut penser qu'en dehors des phénomènes anciennement connus où l'électron se comporte comme un simple corpuscule, il doit exister des circonstances où l'onde associée à l'électron, se heurtant à un obstacle, peut produire des phénomènes analogues à ceux d'interférences et de diffraction observés pour la lumière et les rayons X ».

Au moment de la publication de la théorie de De Broglie, il n'existait aucune preuve de la nature ondulatoire des particules. Celle-ci allait être donnée en 1927 par les physiciens américains Clinton Davisson et Lester Germer, qui ignoraient alors tout de la théorie de De Broglie et qui cherchaient seulement à étudier la dispersion d'électrons lents par des surfaces métalliques lisses.

Normalement, le dispositif de Davisson et Germer n'aurait pas dû leur permettre de découvrir la diffraction des électrons, car les atomes du métal qu'ils utilisaient (le nickel) ne sont pas arrangés de manière ordonnée, mais au hasard, par petits groupes cristallins. La bande de nickel utilisée par Davisson et Germer ne se comportait donc pas comme le ferait un cristal unique. Dès lors, elle ne pouvait pas symétriquement réfléchir les électrons, et aucun diagramme de diffraction n'aurait dû être observé. Mais la chance intervint pour aider les deux chercheurs à réaliser leur découverte historique.

En effet, le tube à vide dans lequel se trouvait le nickel se brisa accidentellement et il leur fallut alors réchauffer le nickel, puis le refroidir lentement avant de reprendre leur expérience de dispersion des électrons. L'échauffement et le refroidissement du métal amenèrent les atomes à se réorganiser en un réseau cristallin régulier, et celui-ci produisit la diffraction qui fut observée lorsque Davisson et Germer diffusèrent un faisceau d'électrons sur le nickel.

Plutôt que de voir les électrons réfléchis au hasard sur la

L'intuition d'Elsasser

Walter Elsasser n'est qu'un jeune étudiant de vingt et un ans travaillant au département de physique de l'université de Göttingen lorsqu'il entend parler, en 1925, d'une expérience menée par Lester Davisson et Charles Kunsman au Bell Telephone Laboratories. « Ils avaient diffusé un faisceau d'électrons de faible tension sur une plaque de platine sous vide ; puis ils avaient observé comment les électrons étaient dispersés par la plaque, c'est-à-dire comment l'intensité de leur distribution variait avec l'angle de dispersion. C'était une expérience très difficile, menée avec brio – et les résultats étaient extraordinaires : ils montraient que la distribution angulaire des électrons se faisait selon des minima et des maxima, un résultat surprenant et véritablement étrange. »

Quelques mois plus tard, Elsasser tombe sur un article d'Einstein, « le dernier travail de physique atomique publié par Einstein » (le 8 janvier 1925, dans le journal de l'Académie prussienne des sciences), dans lequel le physicien note que l'on doit pouvoir associer des phénomènes ondulatoires aux gaz. Einstein cite, en référence à son article, la thèse de Louis de Broglie, et Elsasser se la procure immédiatement. Il s'interroge alors sur le sens de l'expérience de Davisson et Kunsman, en fonction de la théorie de De Broglie :

« Et si leurs maxima et leurs minima étaient des phénomènes de diffraction semblables à ceux produits par les rayons X à travers les cristaux ? Dans ce cas, les électrons ne traverseraient pas la plaque de platine, mais la pénétreraient très légèrement puis reviendraient en arrière. Le diagramme de diffraction, si tel était le cas, serait semblable [à celui produit par des rayons X]. Je pouvais facilement calculer l'énergie des électrons nécessaires pour les maxima ; cela n'exigeait rien de plus qu'une règle à calcul. A ma grande surprise, les chiffres tombèrent juste. Bien sûr, les expériences étaient sommaires, et [la diffraction des électrons] n'était qu'une conjecture, mais c'était manifestement une conjecture hautement intéressante et prometteuse. »

Elsasser publie ses résultats dans la revue *Naturwissenschaften*, sous forme d'une note qui passe inaperçue. C'est à Davisson et à Germer que reviendra, deux ans plus tard, la gloire de la découverte de la diffraction des électrons. Un dernier mot sur Einstein. Il avait proposé, dès 1924, lors d'une réunion de physique à Innsbruck, « de rechercher des phénomènes d'interférence et de diffraction [dans les cristaux] avec des faisceaux moléculaires… ».

surface du nickel, ils virent en effet un motif régulier, semblable en tout point à celui d'une onde réfléchie. « Ils découvrirent alors, écrit l'historien Henry Boorse, que la relation entre l'angle d'intensité maximum, la vitesse des électrons et l'espacement du maillage du cristal est le même que pour une onde, à condition que l'on assigne aux électrons une longueur d'onde, donnée par la formule de De Broglie. Cette observation établit définitivement le dualisme onde-particule de l'électron et plaça l'étude de la mécanique ondulatoire sur des bases expérimentales saines. »

1932

L'équivalence de l'énergie et de la matière

Le principe d'équivalence de l'énergie et de la matière – qui s'exprime dans la célèbre équation $E = mc^2$ – est une conséquence directe de la théorie de la relativité restreinte d'Einstein. Il sera vérifié en 1932 par deux physiciens britanniques, John Cockcroft et Ernest Walton, travaillant tous deux au laboratoire Cavendish sous la direction d'Ernest Rutherford, au terme d'une expérience qui donnera une série d'autres « premières ».

Initialement, l'objectif de Cockcroft et Walton n'était pas de vérifier l'équation d'Einstein, mais d'employer un accélérateur de particules de leur conception – le premier du genre avec le générateur de Van de Graaff et le cyclotron – pour bombarder les atomes de divers éléments et étudier leur désintégration.

Leur directeur, Rutherford, était persuadé qu'il serait nécessaire de disposer de millions de volts pour accélérer les particules et leur faire désintégrer des atomes. Sa propre expérience de désintégration de l'azote (voir ci-dessus « Transmutations », p.153) avait été réalisée à l'aide de particules alpha accélérées à une vélocité telle que l'on n'aurait pu l'égaler artificiellement qu'en disposant d'un potentiel électrique d'environ huit millions de volts ! Cockcroft et Walton ne partageaient cependant pas le point de vue de Rutherford. Ils pensaient qu'un résultat pourrait être obtenu à l'aide de particules faiblement accélérées.

Cockcroft avait en effet pris connaissance de la théorie de l'effet tunnel, énoncée en 1928 par le physicien russe George Gamow, selon laquelle, en vertu des règles de la mécanique quantique, il était possible à des particules faiblement énergétiques de s'extraire du noyau atomique, malgré une énergie cinétique inférieure à la barrière du potentiel qui les y retient en principe. Gamow avait calculé la probabilité de telles extractions de particules.

Cockcroft était allé plus loin encore, en inversant la théorie de Gamow. Si une particule faiblement énergétique pouvait s'extraire d'un noyau atomique, alors une particule faiblement énergétique pouvait tout aussi bien le pénétrer. Dès lors, il était inutile d'accélérer les particules à des tensions très élevées pour provoquer des réactions nucléaires. Cockcroft avait donc soumis fin 1928 à Rutherford un mémorandum suggérant que des protons accélérés sous une tension de 300 000 volts (300 kV) pourraient pénétrer un noyau de bore avec une probabilité de 6 sur 1000. Il avait alors obtenu le feu vert pour construire l'accélérateur adéquat.

Le matériel initial de Cockcroft et Walton consistait en un tube à vide capable de supporter une tension de 300 kV, fournie par une combinaison de transformateurs et de redresseur. Ce dernier devait redresser le courant alternatif, aux impulsions bien trop brèves, en courant continu, permettant ainsi de maintenir une alimentation stable en énergie. « C'était, écrivent les biographes de Cockcroft, Guy Hartcup et T. E. Allibone, une décision extrêmement heureuse, car sans le générateur de courant continu il est peu probable que les expériences de désintégration eussent donné assez de particules pour être détectées sans ambiguïté. »

Au-dessus du tube se trouvait une petite chambre en verre où étaient produits les protons de basse énergie, par ionisation de l'hydrogène. Ils pénétraient ensuite dans le tube à vide en un faisceau extrêmement fin et étaient accélérés par la tension. Puis ils ressortaient du tube, toujours en faisceau, et pouvaient alors bombarder n'importe quelle cible placée sur leur trajectoire.

En juin 1930, Cockcroft et Walton commencent leurs expériences en bombardant des cibles de lithium, de béryllium et de plomb. Mais ils n'obtiennent aucune réaction nucléaire dans la limite haute de 280 kV. Pensant que des protons accélérés à 280 kV disposent d'une énergie insuffisante pour provoquer des désintégrations, ils décident de modifier leur appareillage et de produire une tension plus élevée à l'aide d'un « circuit multiplicateur » – dispositif mis au point par Cockcroft, mais inventé en fait trente ans plus tôt. Grâce à ce circuit, ils parviennent à quadrupler la puissance du courant alternatif lorsqu'il est transformé en courant continu. Ils choisissent alors d'opérer à des tensions situées entre 500 et 700 kV et, le 13 février 1932, ils annoncent avoir réussi à produire une tension de 710 kV.

Les deux physiciens se mettent alors à tester leur dispositif sur du béryllium. Puis, le 14 avril 1932, ils placent dans le tube une cible de lithium, après avoir disposé derrière elle un écran fluorescent qui leur permettra de détecter toute désintégration nucléaire (les particules éjectées du noyau atomique viendront en effet percuter l'écran et produiront des scintillations visibles).

Les deux hommes mettent alors en route l'accélérateur et décèlent sans attendre le phénomène caractéristique de la désintégration nucléaire. « Immédiatement, écrira plus tard Cockcroft, nous observâmes, grâce à l'écran en sulfure de zinc, les scintillations brillantes qui étaient manifestement dues à une émission de particules [alpha] par le lithium. » Rutherford est alors invité à vérifier par lui-même la désintégration du lithium et il déclare : « Je sais reconnaître une particule alpha quand j'en vois une. J'étais présent à la naissance de la particule alpha et je n'ai cessé de l'observer depuis lors. »

Cockcroft et Walton ont réalisé quatre premières : ils ont

obtenu le premier résultat de l'histoire des accélérateurs de particules ; ils ont « brisé » le noyau atomique (ce qui causera une véritable sensation quand la nouvelle sera annoncée) ; ils ont expérimentalement démontré la validité de la théorie de l'effet tunnel ; et ils ont vérifié la théorie de l'équivalence de l'énergie et de la matière.

En effet, dans leur compte rendu de l'expérience, publié le 30 juin dans la revue *Nature*, Cockcroft et Walton écrivent : « l'isotope du lithium, de masse 7, capture occasionnellement un proton et le noyau résultant, de masse 8 [du béryllium instable], se scinde en deux particules alpha [noyaux d'hélium], chacune de masse 4 et chacune dotée d'une énergie d'environ huit millions électronvolts » (le MeV, mégaélectronvolt – 10^6 eV – est l'unité d'énergie couramment employée en physique des particules). Mais, en fait, la balance est inégale car la masse des deux noyaux d'hélium obtenus est moindre que les masses du noyau de lithium et du noyau d'hydrogène (le proton). La somme des masses atomiques des deux premiers est 8,006 ; celle des seconds 8,0224. Il reste un résidu de 0,018, qui correspond à la transformation de masse en énergie. La réaction atomique s'écrit alors :

$$^{3}Li_{7} + {}^{1}H_{1} \text{ --> } {}^{4}Be_{8} \text{ --> } {}^{2}He_{4} + {}^{2}He_{4} + 17 \text{ MeV},$$

et la relation d'Einstein est vérifiée.

1932

Des ondes radio venues de l'espace

La découverte des ondes radio extragalactiques par l'ingénieur américain Karl Jansky marque la naissance d'une nouvelle branche fondamentale de l'astronomie, la radioastronomie. Mais, curieusement, cet événement historique est le fait d'un hasard.

Jeune diplômé de physique, Jansky est engagé comme chercheur aux Bell Telephone Laboratories, en 1928, et chargé d'étudier les interférences atmosphériques en ondes courtes qui parasitent la réception en radiotéléphonie. Il développe alors une antenne rotative de réception d'ondes courtes, sur le modèle de celle conçue par l'ingénieur américain E. Bruce. C'est avec cette antenne, le premier radiotélescope de l'histoire, qu'il va réaliser sa série de découvertes de 1932.

Au printemps 1930, Jansky cherche une longueur d'onde « silencieuse » pour ses observations, et il choisit la longueur d'onde inutilisée de 14,5 m (il travaillera finalement sur 14,6 m, soit 20,5 MHz). Il peut alors donner ses dimensions finales à son antenne. Celle-ci consiste en huit structures rectangulaires couvrant l'équivalent de deux longueurs d'onde (29 m), avec des espacements d'un quart de longueur d'onde (3,625 m) entre elles. Les structures d'antenne en laiton sont couplées à une série d'isolateurs téléphoniques ordinaires.

L'une de ces structures sert de réflecteur, tandis qu'une

autre est reliée à un récepteur d'où sont transmises les données, par un câble de cuivre souterrain, jusqu'à la salle de réception – une simple cabane située 100 m plus loin. L'antenne est montée sur les quatre roues d'une Ford Modèle T et pivote automatiquement sur elle-même toutes les vingt minutes grâce à un moteur spécialement réglé. La réception se fait de manière strictement perpendiculaire à l'antenne.

Les premières réceptions de parasites inhabituels (« parasites de type sifflant ») datent d'août 1931, mais le chercheur les attribue à des perturbations nocturnes orageuses saisonnières. Les premiers doutes lui viennent en octobre, quand il se met à capter ces parasites à tout instant de la journée. Jansky est persuadé qu'ils sont d'origine naturelle, mais leur provenance exacte lui échappe encore. Il croit pouvoir les attribuer à des interférences dues au rayonnement solaire, mais il doit abandonner cette hypothèse en août 1931, lorsqu'il constate qu'ils se poursuivent en dépit d'une éclipse partielle du Soleil.

L'idée que les parasites obéissent à un calendrier sidéral et qu'ils sont donc alignés sur les coordonnées célestes, date de décembre 1932. L'un des supérieurs de Jansky, George Southworth, lui demande en effet ce mois-là de pointer tous ses résultats de l'année. Cette requête amène Jansky, aidé par un ami astronome, Melvin Skelett, à remarquer pour la première fois que le comportement général des sources parasitaires se calque exactement sur celui des coordonnées stellaires et reproduit précisément le déplacement annuel des étoiles sur la sphère céleste – déplacement qui est dû au mouvement orbital de la Terre autour du Soleil. Les sources radio se trouvent en effet décalées de quatre minutes chaque jour par rapport au Soleil, tout comme l'ensemble des sources stellaires. Elles ont donc une origine extraterrestre ; mieux même, elles proviennent d'au-delà du système solaire.

La réaction immédiate de ses supérieurs à la découverte de Jansky est prudente, comme le note le chercheur dans une

Le rayonnement thermique du fond du ciel

A la fin des années 40, le physicien George Gamow, un des pères de la théorie du Big Bang, affirme que si l'univers est né lors d'une explosion primordiale, il doit encore persister un vestige de radiation, un « rayonnement thermique du fond du ciel » provenant de façon parfaitement homogène de toutes les directions de l'espace. Cette radiation va être découverte en 1965 par les radioastronomes Arno Penzias et Robert Wilson, travaillant aux laboratoires Bell de Holmdel et utilisant une antenne radio en forme de corne destinée, à l'origine, à la réception du signal venant des satellites de communication. Voici comment Penzias relata plus tard sa découverte :

« Lorsque, à la fin du printemps de 1964, nous finissions l'installation du système de détection à une longueur d'onde de 7,3 cm dans la corne, nous nous aperçûmes que l'antenne était considérablement "plus chaude" que prévu. Cet "excès de température d'antenne" prouvait que c'était un phénomène très stable. Elle n'avait pas de variation sidérale ou solaire mesurable, ne dépendait ni de la polarisation ni de la position de l'antenne, était apparemment complètement semblable à du bruit [...] Nous avons démonté le guide de la corne, remplacé les composants suspects et nettoyé les surfaces internes... Ces efforts n'eurent qu'un petit effet sur la mesure de la température d'antenne, la réduisant de quelques dixièmes de degrés Kelvin à 3,5 degrés Kelvin. Ayant exploré et écarté un grand nombre d'explications terrestres et "sachant" alors que nulle explication astronomique n'était possible, nous ne savions franchement pas quoi faire de ce résultat... Je fis part de notre problème, par hasard, à Bernard Burke lors d'une conversation téléphonique sur un autre sujet. Il répondit qu'il venait de lire un article prévoyant un fond de radiation d'environ 10 degrés Kelvin. Je téléphonais au professeur Dicke qui m'envoya une copie de l'article en question. Il était écrit par P. J. E. Peebles et prévoyait à partir de certaines hypothèses, une radiation thermique comme un résidu chaud et très condensé de l'état du début de l'évolution de l'Univers. »

Après des calculs supplémentaires, la température donnée par Peebles fut ramenée à une valeur proche de celle trouvée par Penzias et Wilson. Le doute n'était plus possible : ces derniers avaient capté, par hasard, l'écho très atténué du Big Bang, et leur découverte est depuis restée un argument majeur en faveur de cette théorie.

lettre à ses parents : « Mes notes montrent que les "parasites de type sifflant" viennent d'une direction fixe de l'espace. Les preuves dont je dispose sont très concluantes et, je crois, étonnantes. Quand j'ai initialement suggéré de publier quelque chose à ce sujet, Friis [le patron de Jansky] s'est montré sceptique et voulait plus de données. Franchement, je pense qu'il avait peur. Les résultats étaient si importants qu'il était intimidé à l'idée de les publier. » Jansky publiera finalement ses résultats, en juin 1933, sous forme d'un article dans les *Proceedings of the Institute of Radio Engineers*, intitulé « Electrical Disturbances Apparently of Extraterrestrial Origins » – « Parasites électriques d'origine apparemment extraterrestre » –, un titre relativement prudent pour ce qui est considéré comme l'un des plus importants articles de l'astronomie au XXe siècle.

En effet, la découverte des ondes radio extragalactiques – et la fondation de la radioastronomie – va libérer les astronomes de leur confinement étroit dans un seul domaine d'observation, celui du spectre électromagnétique visible. Comme le souligne justement l'astrophysicien Owen Gingerich, celui-ci ne leur offrait, en tout et pour tout, que « la vision apaisée d'un univers se consumant lentement, à travers le rayonnement visible des désordres thermiques ». La découverte des ondes radio électriques les entraîne dans un univers fort différent, fait de « mouvements rapides et ordonnés se révélant à travers le rayonnement synchrotron qu'ils génèrent » : l'univers violent des quasars, des pulsars et des masers cosmiques.

1934

La radioactivité artificielle

C'est vers 1932 que le couple de physiciens français Frédéric Joliot et Irène Curie commence à utiliser, pour ses recherches, une source de particules alpha émises spontanément par le polonium – un élément naturellement radioactif. Grâce à elle, ils peuvent induire des réactions nucléaires dans les atomes des éléments. Ils disposent en outre d'une chambre de Wilson – appareil qui permet de visualiser la trajectoire des particules.

Les Joliot-Curie vont entreprendre, avec ce dispositif, de bombarder des éléments de masse moyenne et d'analyser les réactions nucléaires produites. Ils découvrent alors que les éléments éjectent des protons. Puis ils remarquent que des éléments plus légers, en particulier l'aluminium et le bore, éjectent parfois un neutron ou un positron, au lieu d'un proton. Ils pensent détenir alors la preuve que le proton n'est pas une particule élémentaire, mais un composite de neutron et de positron (« électron positif » ou antiparticule de l'électron), et ils annoncent cette découverte à la conférence Solvay d'octobre 1933.

La communauté scientifique est dans l'ensemble sceptique et croit à une erreur expérimentale des Joliot-Curie, mais ceux-ci reçoivent les encouragements de deux physiciens importants, Niels Bohr et Wolfgang Pauli. De retour à Paris, le couple reprend ses expériences. Il lui paraît probable que l'apparition de neutrons et de positrons, plutôt que de protons, dépend de l'énergie des particules alpha bombardant la cible, aussi déplacent-ils le polonium à quelques centimètres de la cible pour forcer les particules alpha à ralentir (elles doivent désormais traverser de plus longues distances à travers l'air).

En éloignant le polonium d'une cible d'aluminium, ils constatent que l'émission de neutrons cesse complètement quand une vitesse minimale des particules alpha est atteinte. Mais ils observent un autre phénomène, parfaitement inattendu : « La matière irradiée, notent-ils, conserve une radioactivité relativement durable après l'enlèvement de la source de rayons alpha, radioactivité se manifestant par l'émission d'électrons positifs [positrons]. »

Pour comprendre la cause de ce phénomène de radioactivité persistante, Joliot modifie son dispositif : « Nous plaçons [à présent], écrira-t-il dans son compte rendu de l'expérience, une feuille d'aluminium à 1 mm d'une source de polonium. L'aluminium ayant été irradié pendant 10 minutes environ, nous le plaçons au-dessus d'un compteur Geiger-Müller [appareil qui décèle et compte les particules émises par un corps radioactif]. »

Lorsque la cible est irradiée avec des particules alpha, on entend le compteur Geiger cliqueter. Ce cliquètement devrait cesser lorsque la source radioactive est enlevée. Or, il persiste : « Nous observons que la feuille [d'aluminium] émet un rayonnement dont l'intensité décroît exponentiellement en fonction du temps avec une période de 3 minutes 15 secondes. On obtient un résultat analogue avec le bore et le magnésium, mais les périodes de décroissance sont *différentes*, 14 minutes pour le bore et 2 minutes 30 secondes pour le magnésium. » La seule explication possible, c'est que l'aluminium, le bore et le magnésium, éléments naturellement stables, sont devenus radioactifs.

Une fois assurés que leur compteur Geiger est en bon état de marche, les Joliot-Curie tirent la conclusion de leurs expériences : « Ces expériences montrent l'existence d'un nouveau type de radioactivité avec émission d'électrons positifs. » Ils sont alors persuadés qu'ils ont trouvé le moyen de provoquer une radioactivité artificielle, par la création d'un élément instable et sa désintégration spontanée, et ils proposent une réaction probable :

Le noyau d'aluminium, contenant 13 protons et 14 neutrons, aurait capturé une particule alpha (constituée de deux protons et de deux neutrons) et aurait immédiatement réémis un neutron. L'aluminium se serait alors transmué en un isotope instable du phosphore, composé de 15 protons et de 15 neutrons. Puis le phosphore radioactif se serait à son tour désintégré en silicium stable (14 protons, 16 neutrons), en émettant un électron positif.

Reste néanmoins à vérifier si la transmutation artificielle d'une partie de l'aluminium en phosphore radioactif a bien eu lieu. Les Joliot-Curie vont donc tenter de séparer chimiquement les deux éléments. L'expérience de séparation chimique devra se dérouler en moins de 3 minutes 15, faute de quoi le phosphore se désintégrera à nouveau.

Joliot met alors sur pied une ingénieuse expérience de séparation chimique par dissolution de l'aluminium dans de l'acide chlorhydrique. La réaction produira de l'hydrogène gazeux qui entraînera le phosphore hors de la solution. De fait, l'aluminium dissous n'émettait plus, mais le gaz fit cliqueter le compteur Geiger : quel qu'il fût, l'élément radioactif avait été emporté. Un test chimique différent allait prouver que la substance radioactive était bien du phosphore. Joliot se mit alors à courir et à sauter avec une joie enfantine à travers les laboratoires, déclarant à l'un de ses collègues, Wolfgang Gentner : « Avec le neutron, nous arrivions trop tard. Avec le positron, nous arrivions trop tard [les Joliot-Curie avaient raté la découverte de l'un et de l'autre]. Cette fois-ci, nous sommes à l'heure. »

L'importance de la découverte de la radioactivité artificielle n'échappera pas à Joliot. Outre le fait qu'il s'agit de la première démonstration chimique de la transmutation artificielle, initialement découverte par Rutherford en 1919 (voir ci-dessus « Transmutations », p. 153), et qu'elle va permettre de fabriquer de nombreux radioéléments pour la médecine, la libération provoquée d'énergie nucléaire par désintégration radioactive ouvre la voie à une possibilité nouvelle : une transmutation de type explosif qui libérerait une quantité énorme d'énergie. Cette hypothèse, que Joliot évoquera au moment de sa réception du prix Nobel de chimie 1935, partagé avec sa femme pour leur découverte de 1934, deviendra réalité quelques années plus tard, avec la mise en évidence de la fission nucléaire et de la réaction en chaîne.

1938

Konrad Lorenz et l'empreinte

C'est à partir des travaux de Charles Darwin, au XIXe siècle, que l'étude du comportement animal – l'éthologie – prend son essor. Darwin avait pris conscience de l'idée centrale de l'éthologie, à savoir que le mode de comportement animal reflète l'adaptation de l'animal à son environnement et qu'il doit être l'héritier et l'objet d'une sélection naturelle. Après Darwin vinrent d'autres chercheurs, parmi lesquels les biologistes américains C. O. Whitman et W. M. Wheeler, et l'Allemand Oskar Heinroth.

Mais jusqu'aux recherches de Konrad Lorenz, les expériences menées l'étaient dans des conditions artificielles, avec des animaux en cage – essentiellement des primates et des rats. Lorenz allait de son côté appliquer des règles rigoureuses d'observation des animaux dans leur habitat naturel et étudier en particulier un phénomène surprenant, l'empreinte.

L'empreinte est cet instinct qui pousse un animal nouveau-né à s'attacher au premier être vivant qu'il rencontre. Il s'agit, pour reprendre l'expression de Lorenz lui-même, d'« un processus d'acquisition qui lie le comportement à un objet déterminé ». Il avait été initialement identifié par Oskar Heinroth – le maître de Lorenz – chez l'oie cendrée. Heinroth avait remarqué que si le caneton fuit les êtres humains dès après l'éclosion – si bien que cette capacité doit être soit innée, soit héritée –, l'oison « regarde calmement les êtres humains et ne refuse pas d'être pris en main. Il ne considère nullement les oies adultes comme ses congénères, mais en revanche l'être humain comme un parent ». Et Heinroth d'ajouter que les oisons nouvellement éclos sortent de leur coquille « avec l'intention d'imprimer sur le premier être qu'ils verront l'image de leur parent ».

A partir de cette observation de Heinroth, Lorenz se livre à une exploration expérimentale systématique des conditions d'apparition du phénomène d'empreinte.

L'une de ses expériences majeures consiste à déterminer si les modes de comportement instinctifs sont une fois pour toutes liés à un objet d'identification, ou si chaque mode de comportement a son propre « moment » d'identification. Dans ce cas, le mode de comportement peut avoir pour objet un individu distinct, d'espèce différente, si celui-ci se trouve présent au moment crucial de l'identification.

Lorenz prit pour sujet une corneille noire, ou choucas, qui avait été élevée dans l'isolement le plus complet, si bien que tous ses modes de comportement instinctifs, à l'exception de deux, étaient soit innés, soit avaient des êtres humains pour objets d'identification. Sur ces deux modes de comportement, l'un, la routine du vol en harde, avait pour objet d'identification des corneilles mantelées. C'étaient les premiers oiseaux de l'espèce appropriée avec lesquels le choucas s'était familiarisé durant la période de sa vie où il était réceptif à l'identification pour le vol en groupe. Plus tard dans son existence, et alors qu'il vivait en compagnie d'autres choucas, il s'envolait chaque jour pour rejoindre une volée de corneilles mantelées. Ce phénomène permit à Lorenz d'établir l'acquisition indépendante d'au moins un mode de comportement, avec son objet et son moment d'identification propres.

Mais le choucas vivait au milieu d'autres choucas quand advint la période critique d'identification aux objets pour les modes de comportement liés à la reproduction. Il s'accoupla donc avec d'autres choucas, tandis qu'il volait avec des corneilles mantelées et qu'il mangeait avec des êtres humains. Comme le souligne l'historien des sciences Rom Harré, « l'identification aux modes de comportement liés à la reproduction et l'identification aux modes de comportement liés au vol devaient s'être produits à différentes époques dans la vie du choucas. Les choucas normaux volent, s'accouplent et se nourrissent avec d'autres choucas mais l'expérience de Lorenz suggère que, pour chaque mode de comportement, le choucas s'était identifié à des objets différents à différentes époques. Il doit donc exister une séquence programmée de moments, à chacun desquels se produit l'identification à un mode de comportement spécifique ».

En revanche, Lorenz reconnut le caractère inné d'autres modes de comportement chez le choucas. Ainsi, lorsque celui-ci fut mis au contact d'un oisillon de sa propre espèce, il le guida et le nourrit d'une manière totalement conforme aux mœurs de l'espèce. Or c'était le premier oisillon de sa propre espèce qu'il rencontrait, si bien qu'il ne pouvait pas y avoir eu d'objet d'identification pour ce mode de comportement. Lorenz en conclut qu'il y a non seulement des moments spécifiques d'acquisition des modes de comportement, mais aussi, chez les mêmes espèces, des modes de comportement innés.

1938-1942

Réactions en chaîne

La découverte de la fission nucléaire et de la réaction en chaîne ouvre la voie à l'exploitation de l'énergie nucléaire à des fins civiles et militaires. Il s'agit donc d'un événement capital à l'échelle humaine, mais qui nécessita, en ce qui concerne la fission nucléaire, un certain temps avant d'être accepté par la communauté scientifique.

Tout commence en mars 1934, lorsque le physicien italien Enrico Fermi décide de reproduire l'expérience des Joliot-Curie (voir ci-dessus « La radioactivité artificielle », p. 170). Il bombarde 68 éléments de la table de Mendeleïev avec des neutrons et obtient une radioactivité artificielle pour 47 d'entre eux. Mais il constate un effet étrange avec l'uranium, le plus lourd des éléments naturels. Lorsqu'il le bombarde avec des neutrons, il obtient un élément de demi-vie radioactive de 13 minutes qu'il ne parvient pas à caractériser chimiquement. Il pense alors avoir trouvé un nouvel élément, plus lourd que l'uranium (donc inexistant à l'état naturel sur Terre), l'élément 93, et il l'annonce publiquement dans un article à la revue anglaise *Nature*.

Cette suggestion est l'objet de vives critiques de la part de la chimiste allemande Ida Noddack qui considère que le résultat de Fermi n'est pas valable, car le physicien a seulement cherché à identifier la demi-vie de 13 minutes avec les isotopes d'éléments lourds, du protactinium (Z = 91) au plomb (Z = 82). *Quid* des éléments plus légers en lesquels l'uranium aurait pu se désintégrer ? Noddack propose alors un mécanisme original de bris du noyau en plusieurs gros fragments, qui expliquerait le phénomène découvert par Fermi, sans le recours à l'hypothèse d'un nouvel élément :

« On peut également envisager que, lorsque les neutrons sont utilisés pour provoquer des désintégrations nucléaires, des réactions nucléaires totalement inédites ont lieu, qui n'ont pas été observées auparavant lors des bombardements de noyaux atomiques à l'aide de protons et de particules alpha. Dans le passé, on a découvert que les transmutations nucléaires prenaient place seulement avec émission d'électrons [rayonnement bêta], de protons [désintégration nucléaire] ou de noyaux d'hélium [rayonnement alpha], si bien que les éléments lourds changeaient très peu de masse et se transformaient en éléments voisins [dans la table périodique des éléments]. Quand les noyaux lourds sont bombardés avec des neutrons, il est concevable que le noyau se brise en plusieurs gros fragments qui seraient naturellement des isotopes des éléments connus, mais ne seraient pas voisins de l'élément irradié. »

La suggestion de Noddack, bien que tout à fait logique, n'est pas acceptée par la communauté scientifique qui la juge trop spéculative. La stabilité du noyau atomique est alors une donnée acquise, et nul ne peut imaginer un processus par lequel des noyaux de faible masse seraient produits par fission d'un noyau lourd, à la suite d'un bombardement neutronique. L'idée de Noddack, expliquent les physiciens Hans Graetzer et David Anderson, paraissait absurde, « aussi absurde que de dire d'une balle jetée par la fenêtre d'une maison qu'elle pouvait faire sauter la maison tout entière ».

C'est pourquoi, au cours des années suivantes, les physiciens qui obtiennent des résultats expérimentaux semblables à ceux de Fermi les expliquent à leur tour par l'existence de nouveaux éléments. En octobre 1937, Irène Curie et Paul Savitch découvrent bien un nouveau produit de l'irradiation de l'uranium chimiquement identique à l'élément 57 (le lanthane). Les deux savants sont alors sur le point de confirmer expérimentalement la thèse de Noddack, mais des erreurs de manipulation et leurs réticences à accepter une hypothèse aussi hardie les en empêchent.

Les résultats de l'expérience de Curie et de Savitch parviennent ensuite au physicien allemand Otto Hahn, à Berlin, qui décide de les vérifier avec l'aide de son collègue Fritz Strassmann. Ils entreprennent à leur tour le bombardement de l'uranium avec des neutrons et découvrent, en décembre 1938, qu'un produit de la désintégration de l'uranium est chimiquement semblable au baryum (Z = 56). Cette identification chimique marque le moment de la découverte de la fission nucléaire, mais il faudra attendre janvier 1939 pour que le mécanisme de la fission soit expliqué par la physicienne allemande Lise Meitner et son neveu Otto Frisch.

« A première vue, écrivent alors les deux chercheurs, ces résultats [la formation d'isotopes de baryum par bombardement d'uranium avec des neutrons] sont très difficiles à comprendre. La formation d'éléments situés très en dessous de l'uranium [dans la table périodique des éléments] avait été envisagée au préalable, mais toujours rejetée pour des raisons physiques, tant que les preuves chimiques n'étaient pas manifestes. »

Mais si l'on se base à présent sur le modèle du « noyau goutte liquide » développé par Niels Bohr en 1936, le phénomène de fission nucléaire peut s'expliquer : « En raison de leur entassement et de leur fort échange d'énergie, les particules d'un noyau lourd doivent se comporter d'une manière collective, qui a quelque ressemblance avec le mouvement d'une goutte liquide. Si le mouvement est rendu suffisamment violent par l'addition d'énergie, une telle goutte peut se diviser en deux gouttes plus petites. » En fait, une goutte de liquide ordinaire aurait tendance à se diviser en deux gouttes de taille égale, alors que les produits de fission de l'uranium produisent deux fragments de taille inégale, si bien que l'analogie avec la goutte liquide est seulement partiellement correcte (figure 1). Mais, quoi qu'il en soit, Meitner et Frisch ont trouvé la bonne explication, celle qui va faire admettre la réalité de la fission nucléaire aux physiciens, dès janvier 1939.

Toutefois, une nouvelle question se pose à présent. La fission de l'uranium produit des noyaux de masse légèrement plus faibles que le noyau d'uranium d'origine. Il en résulte, selon la relation d'équivalence de l'énergie et de la matière d'Einstein, une libération d'énergie au cours du processus (voir ci-dessus « L'équivalence de l'énergie et de la matière », p. 162). Des mesures directes, effectuées en mars-avril 1939 à l'université Columbia de New York, montrent effectivement que l'énergie libérée lors de chaque fission du noyau d'uranium est de l'ordre de 200 MeV. Or, la fission libère par ailleurs des neutrons, qui composent avec les protons le noyau atomique de tous les éléments. On peut dès lors parfaitement envisager un mécanisme de « fission secondaire des neutrons », par lequel certains neutrons ne se réorganiseraient pas dans les noyaux d'éléments légers formés par la fission, mais iraient fissionner de nouveaux noyaux d'uranium, libérant ainsi une quantité accrue d'énergie.

Si la fission donnait au moins deux neutrons, on pourrait envisager une progression exponentielle de la fission, par un processus de « réaction en chaîne » (un noyau d'uranium, fissionné par un neutron, éjecterait deux neutrons qui iraient fissionner deux noyaux d'uranium, qui libéreraient à leur tour quatre neutrons, etc.). Une réaction en chaîne incontrôlée et rapide pourrait dégager d'un seul coup une énergie considérable, et provoquer une explosion d'une violence inouïe, une « explosion nucléaire ». A l'inverse, on pourrait contrôler le processus dans un réacteur nucléaire, pour produire de l'énergie à des fins civiles.

Le phénomène de production secondaire des neutrons est

Figure 1

Plusieurs étapes de la déformation d'un noyau d'uranium 235 aboutissant à sa fission en deux fragments

confirmé en mars 1939, par des découvertes indépendantes effectuées par Frédéric Joliot à Paris et par Leo Szilard et Enrico Fermi, à l'université Columbia. Ils constatent que 2 ou 3 neutrons en moyenne sont expulsés lors de la fission de l'uranium. La voie s'ouvre dès lors à la réalisation d'une expérience de réaction en chaîne en vraie grandeur.

Mais celle-ci exige de gros moyens, et il va falloir du temps pour les réunir. Ainsi, ce n'est qu'à partir d'août 1941 qu'une équipe est réunie autour d'Enrico Fermi à l'université Columbia, avec pour objectif de déterminer s'il est expérimentalement possible de déclencher une réaction en chaîne dans de l'uranium.

La question immédiate qui se pose est celle de la « masse critique ». Il faut en effet donner au matériau fissile une masse critique, à partir de laquelle la réaction en chaîne sera entretenue et accélérée. Fermi a défini à cet effet le facteur de multiplication de neutrons *k* – facteur qui, s'il est supérieur à 1, verra la réaction en chaîne s'enclencher. Le physicien italien a estimé la masse critique qui permettrait d'atteindre un tel facteur de multiplication à quelques centaines de tonnes d'uranium. Pour le vérifier, il décide de se livrer à plusieurs expériences à un niveau sous-critique. Il fait donc assembler dans une salle de l'université Columbia une énorme structure, à laquelle il donne le nom de « pile », et qui est constituée d'oxyde d'uranium et de graphite.

L'oxyde d'uranium doit servir de matériau fissile et le graphite de « modérateur ». Il ralentira les neutrons pour leur donner de meilleures chances de collision avec les noyaux atomiques d'uranium. Par ailleurs, des barres de commande en cadmium sont installées au milieu de la pile. La capacité du cadmium d'absorber les neutrons permettra, lorsque l'on dégagera les barres de commande, de déclencher la réaction en chaîne. Inversement, leur réinsertion dans la pile la paralysera.

Entre septembre 1941 et avril 1942, l'équipe de Fermi se livre à deux expériences à des niveaux sous-critiques. Elle obtient respectivement des seuils sous-critiques $k = 0{,}87$ et $k = 0{,}918$. La construction de la pile prototype a finalement lieu à l'université de Chicago, en novembre 1942, sur un terrain de squash désaffecté situé sous les tribunes du stade de football de l'université. La pile nucléaire finale a une forme ovale. Elle totalise 349 720 kg de graphite, 36 555 kg d'oxyde d'uranium et 5 625 kg d'uranium métal.

Le 2 décembre 1942 a lieu l'*experimentum crucis*, l'expérience décisive. Ce jour-là, Fermi n'entendait réaliser qu'une simple démonstration. Il n'avait donc pas fait construire d'enceinte de confinement, et aucun des spectateurs qui assistaient à l'expérience historique n'était protégé contre l'irradiation. Quoi qu'il en soit, la mise en route du processus de fission est commandée à 15 h 48 et le démarrage d'une réaction en chaîne dans la pile nucléaire est presque immédiatement constaté. Fermi attend cependant que sa pile ait atteint un k de 1,0006 avant d'ordonner l'insertion d'une barre de commande. Il est 15 h 53, et le monde vient de basculer dans l'ère nucléaire. Leo Szilard, présent lors de l'expérience, s'approche alors de Fermi et lui déclare : « Ce jour restera dans les annales comme l'un des plus noirs dans l'histoire de l'humanité. » La fabrication de bombes nucléaires, basées sur le principe de la réaction en chaîne explosive, s'avère en effet à présent une possibilité très sérieuse. Elle deviendra réalité en 1945, et sera révélée au monde avec les bombardements nucléaires d'Hiroshima et de Nagasaki.

1944-1945

La danse des abeilles

Les travaux de Karl von Frisch sur le langage des abeilles représentent l'un des sommets de l'étude du comportement animal. Menées pendant près de cinquante ans à partir de 1914, elles vaudront à son auteur le prix Nobel de physiologie et médecine en 1973.

« Les abeilles sont une race très ancienne, écrit von Frisch dans son autobiographie, *Le Professeur des abeilles*. Elles butinaient déjà il y a des millions d'années, bien avant que l'homme fasse son apparition sur cette terre. De là vient sans doute la perfection de leur organisme qui se révèle jusque dans les fonctions les plus élémentaires de leurs sens. » Dès les années 20, von Frisch savait ainsi que « les abeilles qui avaient découvert une source de nectar informaient leurs congénères de la ruche par une danse sur la planche d'envol et que le parfum qui adhérait aux danseuses les renseignait sur la nature des fleurs qu'il fallait chercher ».

Von Frisch se demande alors si les abeilles ne se communiquent pas aussi des informations sur la direction et la distance du but, ou bien si les abeilles informées se bornent à chercher aux abords de la ruche, puis de plus en plus loin jusqu'à ce qu'elles aient découvert les fleurs qui les intéressent. Le 12 août 1944, il place une coupelle d'eau sucrée parfumée à la lavande assez loin d'une ruche (150 m) et deux coupelles témoins parfumées à la la lavande, l'une près de la ruche, l'autre près de la première coupelle. Il s'attend à voir les abeilles qui ont été informées par la danse chercher d'abord à proximité, puis dans un rayon de plus en plus grand. Mais tel n'est pas le cas. La coupelle située près de la ruche n'intéresse pas les abeilles, tandis que la coupelle éloignée est bientôt entourée d'un essaim d'abeilles. « Y avait-il donc dans leur "langage" un mot pour signifier l'éloignement ? », se demanda von Frisch.

Pour le savoir, il se livre à une seconde expérience. Il s'arrange pour que deux groupes d'abeilles de la même ruche aillent en même temps butiner à deux coupelles situées à des distances différentes (12 m et 280 m). Les abeilles de la coupelle rapprochée sont marquées d'un point bleu sur l'abdomen, celles de la coupelle éloignée d'un point rouge. Espérant qu'il pourra déceler une différence dans la danse des deux groupes, von Frisch ouvre la ruche : « A mon grand étonnement, toutes les abeilles bleues de la coupelle rapprochée dansaient en rond, tandis que les rouges de la coupelle éloignée exécutaient une danse frétillante. »

Von Frisch va, l'année suivante, résoudre une autre énigme. A savoir que les informations sur la distance ne reposent pas uniquement sur la différence entre la danse circulaire et la danse frétillante, car cette dernière intervient pour des distances de quelques centaines de mètres seulement, alors que les sources de nourriture sont parfois éloignées de plusieurs kilomètres. Pourtant, les abeilles envoyées de la ruche les découvrent rapidement.

Von Frisch se met alors à comparer les danses des abeilles dont les sources de nourriture sont situées à des distances grandissantes et constate que le rythme de la danse est différent : « Pour des distances de 100 m, il est assez rapide pour exécuter en quinze secondes le mouvement rectiligne de la danse frétillante. Lorsque la distance augmente, le rythme de la danse décroît en proportion. A chaque distance correspond un rythme déterminé. »

Mais si les abeilles peuvent évaluer la distance de la

source de nourriture, comment savent-elles dans quelle direction la chercher ? La solution vint le 15 juin 1945. Von Frisch avait numéroté les abeilles qui allaient chercher leur eau sucrée à 400 m au nord de la ruche. Il découvre qu'au fur et à mesure que les heures passent, elles modifient progressivement la direction de leur danse dans le sens inverse des aiguilles d'une montre, suivant un angle qui correspond exactement à celui que le soleil avait décrit entre-temps, dans le sens des aiguilles d'une montre. En somme, les abeilles se comportent exactement comme l'aiguille d'une boussole qui indique toujours le nord, quelle que soit son orientation ! Von Frisch parvient ainsi à déterminer précisément les règles par lesquelles les abeilles indiquent à leurs congénères la direction du but : « un parcours vers le haut indique que l'emplacement de la nourriture se trouve dans la direction du soleil ; un parcours vers la gauche ou la droite, dévié vers le haut suivant un angle déterminé, signifie que la direction du vol doit dévier suivant le même angle, vers la gauche ou vers la droite, par rapport à la position du soleil » (voir figure).

Que se passe-t-il maintenant quand le ciel est couvert ? Là encore, von Frisch parvient à le comprendre en voyant les abeilles orienter leur danse correctement lorsqu'on leur montre un tout petit coin de ciel à travers un tuyau de poêle : l'indication sur la position du soleil leur est donnée par la polarisation de la lumière. En effet, « la lumière qui nous parvient du ciel bleu est en grande partie polarisée, ce qui signifie que le sens de sa vibration est orienté selon une direction précise en fonction de la position du soleil ». Von Frisch se livre alors à une expérience à l'aide d'un filtre polarisant qu'il pose au dessus d'un rayon de miel horizontal sur lequel dansent les abeilles. Il les voit alors suivre l'orientation du filtre polarisant et adapter la direction de leur danse frétillante à la modification du sens de la vibration de la lumière polarisée. « Ainsi était-il démontré que les abeilles analysent la lumière polarisée et qu'elles peuvent utiliser le sens de la vibration pour s'orienter. » Jamais sans doute des découvertes scientifiques de cette importance n'ont été réalisées au moyen d'un matériel aussi rudimentaire…

→

La direction du butin *est indiquée par les danses frétillantes exécutées ici sur la surface de rayons disposés verticalement.* ***En haut :*** *le butin se trouve dans la direction du soleil, le parcours frétillant de la figure de danse est orienté vers le haut.* ***En bas :*** *le butin se trouve à 40° à gauche de la position du soleil, le parcours frétillant est orienté à 40° vers la gauche par rapport à la position verticale. Le dessin sous la ruche représente, à plus grande échelle, le parcours de la danse frétillante.*

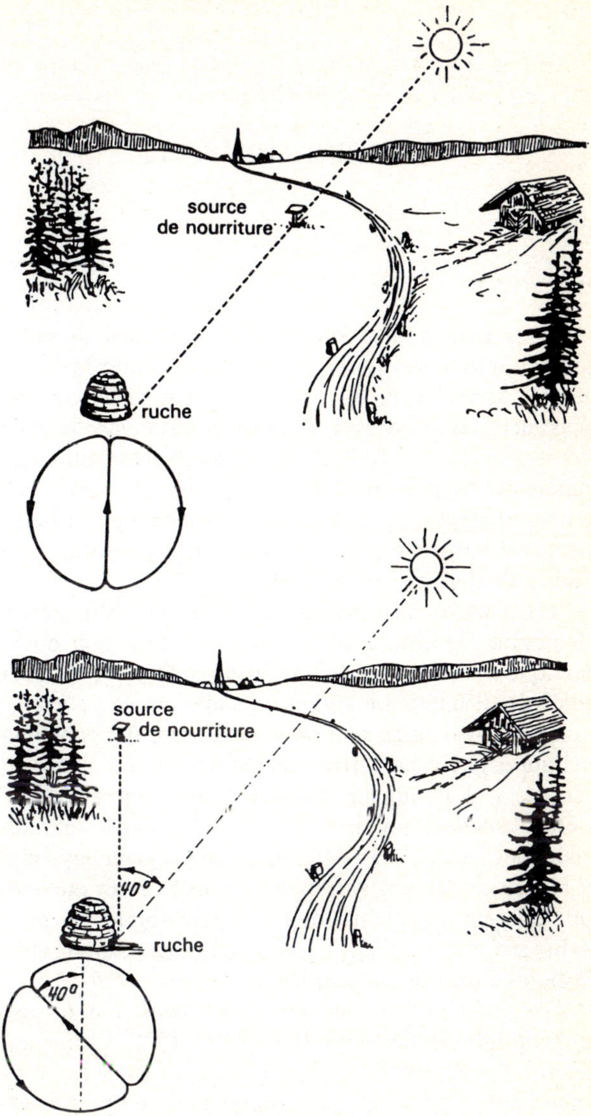
source
de nourriture
ruche
source
de nourriture
40°
ruche
40°

1953

Synthétiser la vie

Peut-on recréer en laboratoire les conditions qui ont présidé à l'émergence de la vie sur Terre, voire la vie elle-même ? Après les expériences de Pasteur sur la génération spontanée (voir ci-dessus « Les microbes contre la génération spontanée », p. 104), il était généralement admis que la matière inerte ne pouvait devenir vivante que sous l'action de matière déjà vivante. Comment donc la vie avait-elle pu apparaître sur notre planète, entièrement constituée, à son origine, de matière inerte ?

C'est à partir des années 20 que le biochimiste russe Alexandre Oparine émit l'hypothèse, dans son ouvrage classique *Origin of Life* (« Les origines de la vie »), que des molécules d'intérêt biologique – acides aminés, sucres, par exemple – avaient pu se former aux dépens des constituants de l'atmosphère primitive ; une atmosphère contenant du méthane, de l'ammoniac et de la vapeur d'eau, donc très différente de celle d'aujourd'hui. Selon Oparine, les gaz atmosphériques auraient formé des molécules organiques simples, en réagissant les uns sur les autres après avoir été activés par l'énergie rayonnante de la lumière solaire ou par des décharges électriques. Ces molécules se seraient ensuite dissoutes dans l'océan primitif.

La thèse d'Oparine allait être reprise par le biologiste britannique John Haldane qui suggéra, en 1929, qu'une atmosphère dépourvue d'oxygène libre était essentielle pour l'émergence de la vie à partir de matière inerte. Les expériences de laboratoire montraient en effet que la synthèse des acides aminés et celle d'autres composés organiques azotés se réalisait essentiellement en l'absence d'oxygène et que le phénomène était accentué si l'ammoniac était présent pour catalyser le processus. Or, l'atmosphère primitive, au cours des 600 à 800 premiers millions d'années d'existence de notre planète, ne contenait que peu ou pas d'oxygène libre et beaucoup d'ammoniac…

Les idées d'Oparine et de Haldane restèrent confinées dans le domaine théorique jusqu'en 1953, date à laquelle le chimiste américain Stanley Miller, en collaboration avec son directeur de recherche Harold Urey, décida de se livrer à une vérification expérimentale, en recréant les conditions dans lesquelles la vie aurait pu émerger sur notre planète.

Le principe du dispositif de Miller était simple : il consistait tout d'abord en un flacon d'eau bouillante. La vapeur d'eau qui en sortait entrait dans un compartiment muni de deux électrodes, où une tension suffisante était maintenue pour qu'une étincelle de 60 000 volts se décharge en permanence entre elles, afin de simuler les apports énergétiques primitifs. Le compartiment, hermétiquement fermé pour l'isoler de l'atmosphère ambiante, baignait dans un mélange d'hydrogène, d'ammoniac et de méthane. Après avoir été soumis aux décharges électriques, la vapeur d'eau passait dans un compartiment plus frais et se condensait en petites goutelettes. Celles-ci retournaient ensuite dans le flacon.

La première expérience se déroula pendant une semaine, à la suite de quoi la décharge d'étincelles fut interrompue et le contenu du flacon analysé par chromatographie. Une partie de celui-ci s'était transformé en goudron, mais l'autre partie appartenait à une classe de composés organiques, les acides carboxyliques. Or, les acides aminés, qui sont l'élément de base de la structure des protéines, dérivent des acides carboxyliques. De fait, l'expérience de Miller et Urey mit en évidence des concentrations importantes de glycine et d'alanine (acides aminés). Parmi les acides organiques simples, on trouvait les acides formique, acétique, propionique, lactique, succinique, qui sont courants chez les êtres vivants.

Le chimiste R. Shapiro a expliqué comment la conception même de l'appareil de Miller favorisait son résultat : « Dans le compartiment où se produit la décharge, l'énergie de l'étincelle peut disloquer les liaisons chimiques et permettre que de nouveaux produits se forment. S'il ne peut s'échapper de cette prison, il faut noter qu'aucun de ces produits n'est assuré de ne pas connaître d'autres modifications. L'une de ces échappatoires est précisément la formation de ce goudron solide, insoluble, et beaucoup de molécules ont connu ce sort. L'autre route possible est celle du flacon d'eau bouillante. Mais pour la plupart des molécules organiques de petite taille, ce ne serait là qu'un havre bien provisoire. Elles réintégreraient la phase gazeuse et seraient ramenées à la chambre de l'étincelle. Les acides carboxyliques, eux, peuvent trouver refuge dans le flacon d'eau. Dans les conditions de l'expérience, ils sont convertis dès leur arrivée dans une forme immobile, et ils sont sauvés. »

Aussi spectaculaire fût-elle, le résultat de leur expérience historique sur l'origine de la vie n'était nullement une surprise pour Urey et Miller. Lorsqu'on avait demandé au premier ce qu'il espérait de l'expérience, il avait simplement répondu : « Le Beilstein. » Il faisait référence à l'ouvrage fondamental en plusieurs volumes qui répertorie plusieurs millions de composés organiques. Mais les résultats de Miller et d'Urey n'en firent pas moins grand bruit à travers le monde. Non seulement les deux chercheurs venaient de démontrer que l'origine de la vie n'avait pas été le fruit du hasard, mais ils apportaient de surcroît un argument probant en faveur de la thèse selon laquelle la vie était susceptible d'être largement répandue dans le cosmos. Le magazine *Time* nota que « si leur appareillage avait eu les dimensions d'un océan, et s'ils avaient pu travailler pendant un million d'années plutôt que pendant une petite semaine, ils auraient pu créer quelque chose de comparable à la première molécule vivante ».

1958

La chasse aux ondes gravitationnelles

Prédites par la relativité générale, les ondes gravitationnelles seraient générées par la rotation d'objets cosmiques très denses, tel un couple d'étoiles massives en rotation l'une autour de l'autre. Elles provoqueraient, en se propageant de proche en proche à travers l'espace, une déformation de l'espace-temps. L'observation de cette déformation permettrait de déceler l'onde, tout en apportant une nouvelle et importante confirmation expérimentale à la théorie d'Einstein.

La quantité d'énergie dégagée par le passage d'ondes gravitationnelles est excessivement faible et leur mise en évidence nécessite donc des détecteurs extrêmement sensibles. Une technique de détection prenant en compte cette considération fut mise au point en 1958 par le physicien américain Joseph Weber. Elle consistait à installer deux détecteurs, séparés l'un de l'autre de 1 000 km, l'un à l'université du Maryland, l'autre à l'Argonne National Laboratory, et à détecter les oscillations produites par d'éventuelles ondes gravitationnelles sur ce dispositif. Seuls étaient pris en compte les événements survenant simultanément dans les deux détecteurs.

Le dispositif de Weber est le suivant. Un cylindre d'aluminium massif de 153 cm de long et de 66 cm de diamètre est placé dans la direction probable d'une onde gravitationnelle. Lorsque celle-ci atteint le cylindre, elle doit en modifier la géométrie, selon les lois de la relativité générale (la distance entre deux atomes d'aluminium n'est plus x, mais $x + h$), et engendrer des oscillations transversales. Ces oscillations sont ensuite transformées en signaux électriques par des cristaux piézoélectriques attachés à la surface du cylindre. En effet, la déformation mécanique des cristaux par les oscillations produit une tension, en vertu des propriétés piézoélectriques des cristaux. Il suffit ensuite d'amplifier cette tension, par un dispositif convenable, pour déceler la présence de l'onde gravitationnelle.

Le système d'enregistrement électronique du dispositif de Weber fut réglé sur une fréquence de 1660 Hz. Pour éviter les interférences dues aux vibrations mécaniques de l'environnement et aux perturbations électriques et magnétiques, le cylindre d'aluminium (qui pesait plusieurs tonnes) fut suspendu au-dessus du sol. Les molécules de l'air pouvant aussi interférer avec les atomes d'aluminium, le cylindre fut placé dans un caisson sous vide et refroidi à des températures extrêmement basses – celle de l'hélium ou de l'hydrogène liquides.

Sur la base de ses recherches, Weber conclut qu'il existait « un taux significatif de coïncidence d'environ un tous les deux jours » (et donc autant d'ondes gravitationnelles incidentes). Malheureusement, les autres centres qui avaient eux aussi construit des détecteurs d'ondes gravitationnelles ne parvinrent pas à corroborer les observations de Weber. Les résultats du physicien ne furent donc pas acceptés comme preuve de l'existence d'ondes gravitationnelles.

Un autre dispositif de détection d'ondes gravitationnelles a été plus récemment suggéré. Il consiste à employer un interféromètre de Michelson qui utilise, pour améliorer ses capacités optiques, de la lumière laser. Cette lumière hautement cohérente est divisée en deux faisceaux et produit au point d'observation des franges d'interférence, exactement comme dans l'expérience de Michelson-Morley (voir ci-dessus « Michelson, la lumière et l'"éther" », p. 117). Puisque la présence d'une onde gravitationnelle modifie les distances, les trajets lumineux des deux faisceaux doivent varier au passage d'une onde gravitationnelle et il doit en résulter un déplacement des franges d'interférences sur le détecteur. Le calcul de l'allongement ou du raccourcissement des chemins de la lumière laser devrait ainsi donner l'amplitude de l'onde gravitationnelle.

Un projet d'interféromètre américain, le Laser Interferometer Gravitational-wave Observatory, ou LIGO, est actuellement à l'étude. Il consisterait à placer deux appareils jumeaux à 4 000 km de distance (l'un sur la côte est des États-Unis, l'autre sur la côte ouest), mais pose toutefois de gros problèmes de financement dans la mesure où les bras de l'interféromètre devraient avoir une longueur de quatre kilomètres pour pouvoir détecter d'éventuelles ondes gravitationnelles.

Plus avancé est le projet VIRGO, fruit d'une coopération franco-italienne. Il utilisera un laser à infrarouge de très haute puissance, ainsi que des miroirs capables de résister aux très hautes chaleurs dues à l'irradiation continue par les faisceaux laser, et qui seront isolés de tout bruit sismique parasite. Le dispositif devrait, selon le physicien Philippe Tourrenc, « élargir notablement la gamme de fréquences jusque-là accessible aux barres de Weber, mais aussi atteindre une sensibilité cent fois supérieure : une variation relative de longueur des bras de l'interféromètre de 10^{-19} devrait être décelable ».

Bibliographie

Outre les références des expériences dont on trouvera la liste ci-dessous, on pourra se reporter aux albums consacrés à l'instrumentation scientifique, qui concernent directement l'histoire de la science expérimentale. Parmi ceux-ci, *Les Mécanismes du génie. Instruments scientifiques des XVIIIe et XIXe siècles. Collection du Cabinet de physique et de l'observatoire astronomique de l'université de Coimbra*, Charleroi, Palais des Beaux-Arts, 1991 ; *Nineteenth Century Scientific Instruments* de G. L. Turner, University of California Press, Berkeley, 1983 ; et *Les Instruments scientifiques aux XVIIe et XVIIIe siècles* de M. Daumas, PUF, Paris, 1953.

Autres ouvrages de référence : *Histoire générale des sciences*, dir. René Taton, PUF, 1966 ; *Histoire mondiale des sciences*, Colin Ronan, Seuil, 1988.

Un stylet pour mesurer la Terre

COHEN (M.R.) & DRABKIN (I.E.) – *A Source Book in Greek Science*, Harvard University Press, Cambridge, 1958 (contient la relation de Cléomède).

DUHEM (P.) – *Le Système du monde*, 10 vol., Hermann, Paris, 1959.

LLOYD (G. E. R.) – *Une histoire de la science grecque*, Seuil, coll. « Points sciences », Paris, 1990.

SZABO (A.) & MAULA (E.) – *Les débuts de l'astronomie, de la géographie et de la trigonométrie chez les Grecs*, Vrin, Paris, 1986.

VERDET (J.-P.) – *Une histoire de l'astronomie*, Seuil, coll. « Points sciences », Paris, 1990.

Archimède et la densité

ARCHIMÈDE – *Œuvres complètes*, trad. P ; Ver Eecke, Bruxelles-Paris, Vaillant-Carmane, 1960, rééd. Paris, A. Blanchard, 1961.
VITRUVE – *De l'architecture*, Belles-Lettres, Paris, 1969.

La chute des « graves »

DIJKSTERHUIS (E.J.) – *The Mechanization of the World Picture. Pythagoras to Newton,* Princeton University Press, Princeton, 1986.
GALILÉE (G.) – *Dialogue sur les deux grands systèmes du monde,* Seuil, Paris, 1992.
– *Discours concernant deux sciences nouvelles,* Armand Colin, Paris, 1970.
GEYMONAT (L.) – *Galilée*, Seuil, coll. « Points Sciences », Paris, 1992.
SHEA (W.) – *La Révolution galiléenne*, Seuil, Paris, 1992.

La nature a-t-elle horreur du vide ?

GALILÉE (G.) – *Discours concernant deux sciences nouvelles,* Armand Colin, Paris, 1970.
PASCAL (B.) – « Traitez de l'équilibre des liqueurs et de la pesanteur de la masse de l'air », *Œuvres complètes,* Gallimard, Paris, 1954.
TORRICELLI (E.) – *Expériences nouvelles touchant le vide*, 1647.

L'air est-il élastique ?

BOYLE (R.) – « New Experiments, Physico-Mechanical, Touching the Spring of the Air and its Effects », *The Works of the Honourable Robert Boyle,* éd. par Thomas Birch, 6 vol., J. & F. Rivington, Londres, 1772.
HARRÉ (R.) – « The Measurement of the Spring of the Air », *Great Scientific Experiments*, Oxford University Press, Oxford, 1981.
SCHAFFER (S.), SHAPIN (S.) – *Léviathan et la pompe à air*, La Découverte, Paris, 1993.

« Experimentum crucis »

NEWTON (I.) – *Traité d'optique*, Gauthier-Villars, Paris, 1955.

SAILLARD (M.) – « Histoire de la spectroscopie », *Cahiers d'Histoire & de Philosophie des Sciences,* Société française d'histoire des sciences et techniques, Paris, 1988.

WESTFALL (R.S.) – *Newton*, Flammarion, Paris, 1995.

La vitesse de la lumière

CENTRE NATIONAL DE LA RECHERCHE SCIENTIFIQUE – *Roemer et la vitesse de la lumière*, Vrin, Paris, 1978.

MAITTE (B.) – *La Lumière*, Seuil, coll. « Points Sciences », Paris, 1981.

VERDET (J.-P.) – *Astronomie et Astrophysique,* Larousse, Paris, 1993 (contient le compte rendu de Roemer).

La Terre tourne-t-elle autour du Soleil ?

BRADLEY (J.) – « An Account of a New Discovered Motion of the Fixed Stars », *Philosophical Transactions xxxv*, 1727-1728.

COHEN (I. B.) – *Les Origines de la physique moderne*, Seuil, coll. « Points Sciences », Paris, 1993.

VERDET (J.-P.) – *Une histoire de l'astronomie,* Seuil, coll. « Points Sciences », Paris, 1990.

La naissance de l'oxygène
L'air et l'eau décomposés

BENSAUDE-VINCENT (B.) – *Lavoisier. Mémoires d'une révolution*, Flammarion, Paris, 1993.

IHDE (A.J.) – *The Development of Modern Chemistry,* Dover, New York, 1984.

LAVOISIER (A.L. de) – *Traité élémentaire de chimie*, 2 vol., Culture et Civilisation, Bruxelles, 1965.

POIRIER (J.-P.) – *Antoine-Laurent de Lavoisier*, Pygmalion/Gérard Watelet, Paris, 1993.

Plus et moins s'attirent…

COULOMB (C.A.) – « Mémoires sur l'électricité et le magnétisme », *Great Experiments in Physics*, éd. par Morris H. Shamos, Dover, New York, 1987.

ROSMORDUC (J.) – *Une histoire de la physique et de la chimie*, Seuil, coll. « Points Sciences », Paris, 1985.

Peser la Terre

CAVENDISH (H.) – « Experiments to Determine the Density of the Earth », *Great Experiments in Physics*, éd. par Morris H. Shamos, Dover, New York, 1987.

FEYNMAN (R.) – *Mécanique 1*, InterÉditions, Paris, 1979.

KLINE (M.) – *Mathematics and the Physical World*, Dover, New York, 1981.

La lumière est-elle une onde ?

MAITTE (B.) – *La Lumière*, Seuil, coll. « Points Sciences », Paris, 1981.

YOUNG (T.) – « Experiments and Calculations Relative to Physical Optics », *Great Experiments in Physics*, éd. par Morris Shamos, Dover, New York, 1987.

Expliquer le magnétisme par l'électricité

OERSTED (H. C.) – « Experimenta circa effectum conflictus electrici in acum magneticam », *Great Experiments in Physics*, éd. par Morris Shamos, Dover, New York, 1987.

L'induction électromagnétique

CANTOR (G.) – *Michael Faraday, Sandemanian and Scientist*, St. Martin's Press, New York, 1991.

FARADAY (M.) – « Electromagnetic induction », *Great Experiments in Physics*, éd. par Morris Shamos, Dover, New York, 1987.

Mesurer la vitesse du son

MASSAIN (R.) – *Physique et physiciens*, Magnard, Paris, 1982 (contient le compte rendu d'Arago).

Du vitalisme à la chimie organique

IHDE (A.J.) – *The Development of Modern Chemistry,* Dover, New York, 1984.

MASSAIN (R.) – *Chimie et chimistes*, Magnard, Paris, 1982 (contient le compte rendu de Berthelot).

La distance des étoiles

BESSEL (F.W.) – « Bestimmung der Entfermung des 61sten Sterns des Schwans », *Astronomische Nachrichten* 16, 1838.

HOSKIN (M.) – « Sidereal Astronomy in Adolescence », *Avant, avec, après Copernic. La représentation de l'univers et ses conséquences épistémologiques,* Albert Blanchard, Paris, 1975.

ROY (J.R.) – *L'Astronomie et son histoire,* Masson, Paris, 1982.

VERDET (J.-P.) – *Une histoire de l'astronomie,* Seuil, coll. « Points Sciences », Paris, 1990.

Mesurer la chaleur

CARDWELL (D.S.L.) – *James Joule. A Biography*, Manchester University Press, Manchester, 1989.

JOULE (J.) – « On The Existence of an Equivalent Relation betweeen Heat and the Ordinary Forms of Mechanical Power » et « On the Mechanical Equivalent of Heat », *Great Experiments in Physics*, éd. par Morris Shamos, Dover, New York, 1987.

La matière ambidextre

JACQUES (J.) – *La Molécule et son double*, Hachette, Paris, 1992

VALLÉRY-RADOT (P.) – *Les Plus Belles Pages de Pasteur*, Flammarion, Paris, 1943.

La Terre tourne sur elle-même !

DUHEM (P.) – *Le Système du monde,* 10 vol., Hermann, Paris, 1959.
GAPAILLARD (J.) – *Et pourtant, elle tourne !* Seuil, Paris, 1993.

De quoi sont faites les étoiles ?

SAILLARD (M.) – « Histoire de la spectroscopie », *Cahiers d'Histoire & de Philosophie des Sciences,* Société française d'histoire des sciences et techniques, Paris, 1988.

Les microbes contre la génération spontanée

ARISTOTE – *Histoire des animaux,* Belles-Lettres, Paris.
DUBOS (J.-P.) – *La Leçon de Pasteur*, Albin Michel, Paris, 1987.
LATOUR (B.) – *Les Microbes : guerre et paix*, A.-M. Métailié, Paris, 1984.
OPARIN (A.I.) – *Origin of Life*, Dover, New York, 1953.

Moseley et le tableau de Mendeleïev

IHDE (A.J.) – *The Development of Modern Chemistry,* Dover, New York, 1984.
PAIS (A.) – *Inward Bound. Of Matters and Forces in the Physical World,* Oxford, University Press, Oxford, 1986.

Michelson, la lumière et l'« éther »

EINSTEIN (A.) – *La Théorie de la relativité restreinte et générale,* Dunod, Paris, 1990.
HOFFMANN (B.) – *Albert Einstein, créateur et rebelle,* Seuil, coll. « Points Sciences », Paris, 1975.
MICHELSON (A.) & MORLEY (E.) – « On the Relative Motion of the Earth and the Luminiferous Aether », *Philosophical Magazine*, 1887.
PAIS (A.) – *Albert Einstein : la vie et l'œuvre*, InterEditions, 1993.
SHANKLAND (R. S.) – « Michelson-Morley Experiment », *The Encyclopedia of Physics*, éd. par Robert Besançon, Van Nostrand Reinhold, New York, 1990.

Au cœur du noyau

RUTHERFORD (E.) – *The Collected Papers,* Allen and Unwin et Interscience, 1962-1965.

WILSON (D.) – *Rutherford. Simple Genius,* Hodder and Stoughton, Londres, 1983.

Cristaux et rayons X

BRAGG (W.L.) – « The Diffraction of Short Electromagnetic Waves by a Crystal », *Proceedings of the Cambridge Philosophical Society* 17 (1913).

PAULING (L.) – *General Chemistry*, Dover, New York, 1970.

L'atome selon Franck et Hertz

BOHR (N.) – « The Hydrogen Atom », *Great Experiments in Physics*, éd. par Morris Shamos, Dover, New York, 1987.

BOORSE (H.A.), MOTZ (L.) & WEAVER (J.H.) – *The Atomic Scientists. A Biographical History*, John Witey & Sons, Inc., 1989.

Morgan et l'hérédité

ALLEN (G.) – *Life Sciences in the Twentieth Century,* Cambridge University Press, Cambridge, 1978.

MAYR (E.) – *Histoire de la biologie : diversité, évolution et hérédité*, Fayard, Paris, 1989.

MORGAN (T.H.), STURTEVANT (A.H.), MULLER (H.J.) & BRIDGES (C.B.) – *The Mechanism of Mendelian Heredity*, Johnson Reprint Corporation, New York, 1972.

OREL (V.) – *Mendel : un inconnu célèbre*, Belin, Paris, 1985.

La relativité générale vérifiée

CHANDRASEKHAR (S.) – *Eddington. The Most Distinguished Astrophysicist of his Time*, Cambridge University Press, Cambridge, 1983.

EINSTEIN (A.) – *Œuvres choisies,* t. 2 et 3, Seuil/CNRS, Paris, 1993

Atomes et isotopes

ASTON (W.) – « Isotopes and atomic weights », *Nature* 105 (1920).
IHDE (A.J.) – *The Development of Modern Chemistry,* Dover, New York, 1984.
RADVANYI (P.), BORDRY (M.) – *Histoires d'atomes*, Belin, Paris, 1988.

Transmutations

IHDE (A.J.) – *The Development of Modern Chemistry,* Dover, New York, 1984.
RUTHERFORD (E.) – « Collision of Alpha Particles with Light Atoms », *Great Experiments in Physics*, éd. par Morris Shamos, Dover, New York, 1987.
La Recherche en physique nucléaire, Seuil, coll. « Points Sciences », Paris, 1983.

Quand les électrons diffractent

BOORSE (H.A.), MOTZ (L.) & WEAVER (J.H.) – *The Atomic Scientists. A Biographical History,* John Wiley & Sons, Inc., 1989.
ELSASSER (W.) – *Memoirs of a Physicist in the Atomic Age*, Adam Hilger Ltd., Bristol, 1978.

L'équivalence de l'énergie et de la matière

EINSTEIN (A.) – *Œuvres choisies*, Seuil, Paris, 1993.
HATCUP (G.) & ALLIBONE (T. E.) – *Cockcroft and the Atom,* Adam Hilger, Bristol, 1984.
WILSON (D.) – *Rutherford. Simple Genius,* Hodder and Stoughton, Londres, 1983.

Des ondes radio venues de l'espace

HARWIT (M.) – *Progrès et découvertes en astronomie*, Masson, Paris, 1984.
JANSKY (K.G.) – « Electrical Disturbances Apparently of Extraterrestrial Origin », *Classics in Radio Astronomy*, Reidel, Dordrecht, 1982.
SULLIVAN (W.T.), éditeur – *The Early Years of Radio Astronomy*, Cambridge University Press, Cambridge, 1984.

La radioactivité artificielle

JOLIOT-CURIE (F. & I.) – « Un nouveau type de radioactivité » et « Séparation chimique des nouveaux radioéléments émetteurs d'électrons positifs », *Œuvres scientifiques complètes*, PUF, Paris, 1961.

RADVANYI (P.), BORDRY (M.) – *La Radioactivité artificielle et son histoire*, Seuil, coll. « Points Sciences », Paris, 1984.

Konrad Lorenz et l'empreinte

HARRÉ (R.) – « The Conditions of Imprinting », *Great Scientific Experiments*, Oxford University Press, Oxford, 1983.

LORENZ (K.) – *Evolution et modification du comportement : l'inné et l'acquis*, Payot, Paris, 1990.

Réactions en chaîne

GRAETZER (H.G.) & ANDERSON (D.L.), éditeurs – *The Discovery of Nuclear Fission. A Documentary History*, Van Nostrand Reinhold, New York, 1981 (contient les principaux articles relatifs à la fission nucléaire et à la réaction en chaîne).

RHODES (R.) – *The Making of the Atomic Bomb*, Simon and Schuster, New York, 1986.

La danse des abeilles

VON FRISCH (K.) – *Le Professeur des abeilles*, Belin, Paris, 1987.

Synthétiser la vie

CLARKE (C.) éd. – *La Fabuleuse Aventure de la vie. Ses origines et son évolution*, Sélection du Reader's Digest, Paris, 1987.

SHAPIRO (R.) – *L'Origine de la vie, le sceptique et le gourou*, Eshel, Paris, 1988.

La chasse aux ondes gravitationnelles

GOLDBERG (J. N.) – « Gravitation », *The Encyclopedia of Physics*, éd. par Robert Besançon, Van Nostrand Reinhold, New York, 1990.

La Nouvelle Physique, dir. P. Davies, Flammarion, 1994.

Sources des illustrations

P. 33 : in Isaac Newton, *Optique*, Christian Bourgois, Paris, 1989.

P. 57 : in Morris H. Shamos (ed.), *Great Experiments in Physics*, Dover, 1987.

P. 74 et p. 89 : in Colin Ronan, *Histoire mondiale des sciences*, Seuil, Paris, 1988.

P. 111 : in Tony Hey & Patrick Walters, *The Quantum Universe*, Cambridge University Press, Cambridge, 1987.

P. 141 : in G. Allen, *Life Sciences in the xxth Century*, Cambridge University Press, Cambridge, 1978.

P. 187 : in Karl Von Frisch, *Le Professeur des abeilles*, Belin, Paris, 1987.

Table

Collection Points

SÉRIE SCIENCES

dirigée par Jean-Marc Lévy-Leblond et Nicolas Witkowski

S1. La Recherche en biologie moléculaire
ouvrage collectif
S2. Des astres, de la vie et des hommes
par Robert Jastrow (épuisé)
S3. (Auto)critique de la science
par Alain Jaubert et Jean-Marc Lévy-Leblond
S4. Le Dossier électronucléaire
par le syndicat CFDT de l'Énergie atomique
S5. Une révolution dans les sciences de la Terre
par Anthony Hallam
S6. Jeux avec l'infini, *par Rózsa Péter*
S7. La Recherche en astrophysique, *ouvrage collectif* (nouvelle édition)
S8. La Recherche en neurobiologie *(épuisé)* (voir nouvelle édition, S 57)
S9. La Science chinoise et l'Occident
par Joseph Needham
S10. Les Origines de la vie, *par Joël de Rosnay*
S11. Échec et Maths, *par Stella Baruk*
S12. L'Oreille et le Langage
par Alfred Tomatis (nouvelle édition)
S13. Les Énergies du Soleil, *par Pierre Audibert en collaboration avec Danielle Rouard*
S14. Cosmic Connection ou l'Appel des étoiles
par Carl Sagan
S15. Les Ingénieurs de la Renaissance, *par Bertrand Gille*
S16. La Vie de la cellule à l'homme, *par Max de Ceccatty*
S17. La Recherche en éthologie, *ouvrage collectif*
S18. Le Darwinisme aujourd'hui, *ouvrage collectif*
S19. Einstein, créateur et rebelle, *par Banesh Hoffmann*
S20. Les Trois Premières Minutes de l'Univers
par Steven Weinberg
S21. Les Nombres et leurs mystères
par André Warusfel
S22. La Recherche sur les énergies nouvelles
ouvrage collectif
S23. La Nature de la physique, *par Richard Feynman*
S24. La Matière aujourd'hui, *par Émile Noël* et al.

S25. La Recherche sur les grandes maladies
ouvrage collectif
S26. L'Étrange Histoire des quanta
par Banesh Hoffmann et Michel Paty
S27. Éloge de la différence, *par Albert Jacquard*
S28. La Lumière, *par Bernard Maitte*
S29. Penser les mathématiques, *ouvrage collectif*
S30. La Recherche sur le cancer, *ouvrage collectif*
S31. L'Énergie verte, *par Laurent Piermont*
S32. Naissance de l'homme, *par Robert Clarke*
S33. Recherche et Technologie
Actes du Colloque national
S34. La Recherche en physique nucléaire
ouvrage collectif
S35. Marie Curie, *par Robert Reid*
S36. L'Espace et le Temps aujourd'hui
ouvrage collectif
S37. La Recherche en histoire des sciences
ouvrage collectif
S38. Petite Logique des forces, *par Paul Sandori*
S39. L'Esprit de sel, *par Jean-Marc Lévy-Leblond*
S40. Le Dossier de l'Énergie
par le Groupe confédéral Énergie (CFDT)
S41. Comprendre notre cerveau
par Jacques-Michel Robert
S42. La Radioactivité artificielle
par Monique Bordry et Pierre Radvanyi
S43. Darwin et les Grandes Énigmes de la vie
par Stephen Jay Gould
S44. Au péril de la science ?, *par Albert Jacquard*
S45. La Recherche sur la génétique et l'hérédité
ouvrage collectif
S46. Le Monde quantique, *ouvrage collectif*
S47. Une histoire de la physique et de la chimie
par Jean Rosmorduc
S48. Le Fil du temps, *par André Leroi-Gourhan*
S49. Une histoire des mathématiques
par Amy Dahan-Dalmedico et Jeanne Peiffer
S50. Les Structures du hasard, *par Jean-Louis Boursin*
S51. Entre le cristal et la fumée, *par Henri Atlan*
S52. La Recherche en intelligence artificielle
ouvrage collectif
S53. Le Calcul, l'Imprévu, *par Ivar Ekeland*
S54. Le Sexe et l'Innovation, *par André Langaney*
S55. Patience dans l'azur, *par Hubert Reeves*

S56. Contre la méthode, *par Paul Feyerabend*
S57. La Recherche en neurobiologie
ouvrage collectif
S58. La Recherche en paléontologie
ouvrage collectif
S59. La Symétrie aujourd'hui, *ouvrage collectif*
S60. Le Paranormal, *par Henri Broch*
S61. Petit Guide du ciel, *par A. Jouin et B. Pellequer*
S62. Une histoire de l'astronomie
par Jean-Pierre Verdet
S63. L'Homme re-naturé, *par Jean-Marie Pelt*
S64. Science avec conscience, *par Edgar Morin*
S65. Une histoire de l'informatique
par Philippe Breton
S66. Une histoire de la géologie, *par Gabriel Gohau*
S67. Une histoire des techniques, *par Bruno Jacomy*
S68. L'Héritage de la liberté, *par Albert Jacquard*
S69. Le Hasard aujourd'hui, *ouvrage collectif*
S70. L'Évolution humaine, *par Roger Lewin*
S71. Quand les poules auront des dents
par Stephen Jay Gould
S72. La Recherche sur les origines de l'univers
par La Recherche
S73. L'Aventure du vivant, *par Joël de Rosnay*
S74. Invitation à la philosophie des sciences
par Bruno Jarrosson
S75. La Mémoire de la Terre, *ouvrage collectif*
S76. Quoi ! C'est ça, le Big-Bang ?
par Sidney Harris
S77. Des technologies pour demain, *ouvrage collectif*
S78. Physique quantique et Représentation du monde
par Erwin Schrödinger
S79. La Machine univers, *par Pierre Lévy*
S80. Chaos et Déterminisme, *textes présentés et réunis par A. Dahan-Dalmedico, J.-L. Chabert et K. Chemla*
S81. Une histoire de la raison, *par François Châtelet (entretiens avec Émile Noël)*
S82. Galilée, *par Ludovico Geymonat*
S83. L'Age du capitaine, *par Stella Baruk*
S84. L'Heure de s'enivrer, *par Hubert Reeves*
S85. Les Trous noirs, *par Jean-Pierre Luminet*
S86. Lumière et Matière, *par Richard Feynman*
S87. Le Sourire du flamant rose
par Stephen Jay Gould
S88. L'Homme et le Climat, *par Jacques Labeyrie*

S89. Invitation à la science de l'écologie
par Paul Colinvaux
S90. Les Technologies de l'intelligence
par Pierre Lévy
S91. Le Hasard au quotidien, *par José Rose*
S92. Une histoire de la science grecque
par Geoffrey E. R. Lloyd
S93. La Science sauvage, *ouvrage collectif*
S94. Qu'est-ce que la vie ?, *par Erwin Schrödinger*
S95. Les Origines de la physique moderne
par I. Bernard Cohen
S96. Une histoire de l'écologie, *par Jean-Paul Deléage*
S97. L'Univers ambidextre, *par Martin Gardner*
S98. La Souris truquée, *par William Broad et Nicholas Wade*
S99. A tort et à raison, *par Henri Atlan*
S100. Poussières d'étoiles, *par Hubert Reeves*
S101. Fabrice ou l'École des mathématiques, *par Stella Baruk*
S102. Les Sciences de la forme aujourd'hui, *ouvrage collectif*
S103. L'Empire des techniques, *ouvrage collectif*
S104. Invitation aux mathématiques, *par Michael Guillen*
S105. Les Sciences de l'imprécis, *par Abraham A. Moles*
S106. Voyage chez les babouins, *par Shirley C. Strum*
S107. Invitation à la physique, *par Yoav Ben-Dov*
S108. Le Nombre d'or, *par Marguerite Neveux*
S109. L'Intelligence de l'animal, *par Jacques Vauclair*

Collection « Science ouverte »
dirigée par Jean-Marc Lévy-Leblond

Pierre Achard *et al.*, *Discours biologique et Ordre social*, 1977
Jean-Pierre Adam, *Le Passé recomposé*, 1988
Alexander Alland, *La Dimension humaine*, 1974
Jacques Arsac, *Les Machines à penser*, 1987
Peter W. Atkins, *Comment créer le monde*, 1993
Henri Atlan, *A tort et à raison**, 1986
Henri Atlan & Catherine Bousquet, *Questions de vie* , 1994
Madeleine Barthélémy-Madaule
Lamarck ou le Mythe du précurseur, 1979
Stella Baruk, *Échec et Maths**, 1973
*Fabrice ou l'École des Mathématiques**, 1977
*L'Age du capitaine**, 1985
Dictionnaire de Mathématiques élémentaires, 1992
C'est à dire, 1993
Jean Bernard, Marcel Bessis, Claude Debru (sous la dir. de)
Soi et Non-Soi, 1990
Marcel Blanc, *Les Héritiers de Darwin*, 1990
William Broad & Nicholas Wade, *La Souris truquée**, 1987
Jean-Louis Boursin, *Les Dés et les Urnes*, 1990
Henri Broch, *Le Paranormal**, 1985
Mario Bunge, *Philosophie de la physique*, 1975
Max de Ceccatty, *Conversations cellulaires*, 1991
Jean Chaline, *Une famille peu ordinaire*, 1994
Giovanni Ciccotti *et al.*, *L'Araignée et le Tisserand*, 1979
Robert Clarke, *Naissance de l'homme**, 1982
Claudine Cohen, *Le Destin du mammouth*, 1994
Paul Colinvaux, *Les Manèges de la vie**, 1982
Harry Collins, *Experts artificiels*, 1992
Harry Collins & Trevor Pinch
Tout de ce que vous devriez savoir sur la science, 1994
Benjamin Coriat, *Science, technique et capital*, 1976
Michel Crozon, *La Matière première*, 1987
Michel Cribier, Michel Spiro & Daniel Vignaud
La Lumière des neutrinos, 1995
William C. Dement, *Dormir, rêver*, 1981
Antoine Danchin, *Une aurore de pierres*, 1990

* L'astérisque indique les ouvrages disponibles dans la série de poche « Points Sciences ».

Alain Dupas, *La Lutte pour l'espace*, 1977
Albert Einstein et Max Born
Correspondance 1916-1955, 1988
Albert Einstein et Mileva Maric
Lettres d'amour et de science, 1993
Ivar Ekeland, *Le Calcul, l'imprévu**, 1984
Au hasard, 1991
Paul Feyerabend, *Contre la méthode**, 1979
Adieu la Raison, 1989
Peter T. Furst, *La Chair des dieux*, 1974
Jean-Gabriel Ganascia, *L'Ame-Machine*, 1990
Jacques Gapaillard, *Et pourtant, elle tourne !*, 1993
Martin Gardner, *L'Univers ambidextre**, 1985
Bertrand Gille, *Les Mécaniciens grecs*, 1980
Jean Gimpel, *La fFn de l'avenir*, 1992
Stephen J. Gould, *Le Sourire du flamant rose**,1988
La vie est belle, 1991
La Foire aux dinosaures, 1993
Le Livre de la vie, (sous la dir. de), 1993
George Greenstein, *Le Destin des étoiles*, 1987
Francis Hallé, *Un monde sans hiver*, 1993
Edward Harrison, *Le Noir de la nuit*, 1990
P. Huard, J. Bossy, G. Mazars, *Les Médecines de l'Asie*, 1978
Albert Jacquard, *Éloge de la différence**, 1981
*Au péril de la science ?**, 1984
*L'Héritage de la liberté**, 1986
Jean Jacques, *Les Confessions d'un chimiste ordinaire*, 1981
Patrick Lagadec, *La Civilisation du risque*, 1981
États d'urgence, 1988
Gérard Lambert, *L'Air de notre temps*, 1995
André Langaney, *Le Sexe et l'Innovation**, 1979
Tony Lévy, *Figures de l'infini*, 1987
J.-M. Lévy-Leblond et A. Jaubert
*(Auto)critique de la science**, 1973
Eugene Linden, *Ces singes qui parlent*, 1979
Georges Ménahem, *La Science et le Militaire*, 1976
P.-A. Mercier, F. Plassard, V. Scardigli
La Société digitale, 1984
Abraham A. Moles, *Les Sciences de l'imprécis**, 1990
Catherine Mondiet-Colle, Michel Colle
Le Mythe de Procuste, 1989
Jacques Ninio, *La Biologie buissonnière*, 1991
Josiane Olff-Nathan (sous la dir.)
La Science sous le IIIe Reich, 1993
Daniel Raichvarg & Jean Jacques, *Savants et Ignorants*, 1991

Hubert Reeves, *Patience dans l'azur**, 1981
*Poussières d'étoiles**, 1984
*L'Heure de s'enivrer**, 1986
Malicorne, 1990
Compagnons de voyage, 1992
Dernières Nouvelles du cosmos, 1994
Jacques-Michel Robert, *Comprendre notre cerveau**, 1982
L'Aventure des neurones, 1994
Colin Ronan, *Histoire mondiale des sciences*, 1988
Philippe Roqueplo, *Le Partage du savoir*, 1974
Penser la technique, 1983
Steven Rose, *Le Cerveau conscient*, 1975
La Mémoire, 1994
H. Rose, S. Rose *et al.*, *L'Idéologie de/dans la science*, 1977
Joël de Rosnay, *L'Aventure du vivant**, 1988
Rudy Rucker, *La Quatrième Dimension*, 1985
Carl Sagan, *Les Dragons de l'Eden*, 1980
Carl Sagan & Richard Turco, *L'Hiver nucléaire*, 1991
Henri de Saint-Blanquat, *Mémoires de l'humanité*, 1991
Abdus Salam, W. Heisenberg & P. A. M. Dirac, *La Grande Unification*, 1991
Jean-Claude Salomon, *Le Tissu déchiré*, 1991
Evry Schatzman, *Les Enfants d'Uranie*, 1986
Michel Schiff, *L'Intelligence gaspillée*, 1982
William Shea, *La Révolution galiléenne*, 1992
Roger N. Shepard, *L'œil qui pense*, 1992
Dominique Simonnet, *Vivent les bébés !*, 1986
William Skyvington, *Machina Sapiens*, 1976
Solomon H. Snyder, *La Marijuana*, 1973
Isabelle Stengers *et al.*, *D'une science à l'autre*, 1987
Peter S. Stevens, *Les Formes dans la nature*, 1978
Pierre Thuillier, *Le Petit Savant illustré*, 1978
Les Savoirs ventriloques, 1983
Michel Tibon-Cornillot, *Les Corps transfigurés*, 1992
Francisco J. Varela, *Connaître*, 1989
Jacques Vauclair, *L'Intelligence de l'animal*, 1992
Jacques Véron, *Arithmétique de l'Homme*, 1993
Renaud Vié le Sage, *La Terre en otage*, 1989
Steven Weinberg, *Les Trois Premières Minutes de l'univers**, 1978

RÉALISATION : PAO ÉDITIONS DU SEUIL
IMPRESSION : HÉRISSEY ROTO À ÉVREUX (27003)
DÉPÔT LÉGAL : FÉVRIER 1996. N° 22851 (71880)